徳間文庫

婿殿開眼九

耀蔵動く

牧 秀彦

徳間書店

目次

第一章　捕らわれた名与力　7
第二章　笠井半蔵を討て　78
第三章　助ける値打ち　143
第四章　耀甲斐来《ようかいきた》る　225

【主な登場人物】

笠井半蔵《かさいはんぞう》　百五十俵取りの直参《じきさん》旗本。下勘定所《しもかんじょうしょ》に勤める平勘定。

佐和《さわ》　笠井家の家付き娘。半蔵を婿《むこ》に迎えて十年目。

お駒《こま》　呉服橋《ごふくばし》で煮売屋『笹《ささ》のや』を営む可憐な娘。

梅吉《うめきち》　『笹のや』で板前として働く若い衆。

矢部駿河守定謙《やべするがのかみさだのり》　新任の南町奉行。

梶野土佐守良材《かじのとさのかみよしき》　勘定奉行。半蔵の上役。

高田俊平《たかだしゅんぺい》　北町奉行所の定廻《じょうまわり》同心。半蔵と同門の剣友。

仁杉五郎左衛門《ひとすぎごろうざえもん》　南町奉行所の年番方与力《ねんばんかたよりき》。

堀口六左衛門《ほりぐちろくざえもん》　廻方の筆頭同心。

宇野幸内《うのこうない》　南町奉行所の元吟味方《ぎんみかた》与力。

政吉《まさきち》　俊平配下の岡っ引き。

遠山《とおやま》左衛門尉《さえもんのじょう》景元《かげもと》　北町奉行。

鳥居《とりい》耀蔵《ようぞう》　目付《めつけ》。

筒井《つつい》伊賀守《いがのかみ》政憲《まさのり》　元南町奉行。

浪岡《なみおか》晋助《しんすけ》　浪人。天然理心流《てんねんりしんりゅう》の門人。半蔵と俊平の弟弟子。

高野《たかの》長英《ちょうえい》　蛮社《ばんしゃ》の獄で裁きを受け、終身刑に処された。

三村《みむら》右近《うこん》　南町奉行所の見習い同心。左近の双子の弟。

三村《みむら》左近《さこん》　右近の双子の兄。

金華《きんか》　忍びくずれの集団の頭《かしら》。

黒松《くろまつ》　忍びくずれの集団の一員。

白菊《しらぎく》　忍びくずれの集団の一員。くの一。

【単位換算一覧】

一尺《しゃく》（約三〇・三〇三センチ）一寸《すん》（約三・〇三〇三センチ）一分《ぶ》（約〇・三〇三〇三センチ）一丈《じょう》（約三・〇三〇三メートル）一間《けん》（一・八一八一八メートル）一里《り》（三・九二七二七キロメートル）一斗《と》（一八・〇三九一リットル）一升《しょう》（一・八〇三九一リットル）一合《ごう》（〇・一八〇三九一リットル）一勺《しゃく》（〇・〇一八〇三九一リットル）一貫《かん》（三・七五キログラム）一斤《きん》（六〇〇グラム）一匁《もんめ》（三・七五グラム）一刻《とき》（約二時間）半刻《はんとき》（約一時間）四半刻《し》（約三〇分）等

第一章　捕らわれた名与力

一

　その夜、笠井半蔵《かさいはんぞう》は深川《ふかがわ》の十万坪《じゅうまんつぼ》にいた。

　郊外の荒れ野に単身赴《おもむ》いたのは、宿敵と決着を付けるため。

　夜更けともなれば、邪魔が入る恐れもない。

　今日こそ雌雄《しゆう》を決するのだ。

　八丁堀の同心という立場を隠れ蓑《みの》に世間を欺《あざむ》き、南町奉行所で獅子身中《しししんちゅう》の虫となって暗躍してきた外道《げどう》を、今宵こそ成敗するのだ。

　敬愛する矢部定謙《やべさだのり》を救うためにも、やらねばなるまい——。

「おぬしの悪行も今宵限りぞ、三村右近《みむらうこん》」

鋭く告げて、半蔵は雲向かいの構えを取った。

天然理心流《てんねんりしんりゅう》の修行者が組太刀の形『陰撓《かげしない》』を通じて学ぶ雲向かいは、いわゆる八《はっ》双《そう》（八相）の構えとは似て非なるもの。

半蔵は刀身を傾けることなく、夜空へ向かって真っすぐ突き上げていた。

まさに、天空の雲に立ち向かうが如くである。

脇を締めず、肘を大きく横に張っている。

八双の構えでは鍔《つば》を口の高さとするが、雲向かいは位置が上。両手で持った刀の鍔はこめかみ辺りに来ていた。

左の足を前に出し、重心は右足に乗せている。

後ろ足のつま先は正面に対して横を向く、撞木《しゅもく》になっていた。

枯れた蘆《あし》を踏み締めて立つ、半蔵の姿は泰山不動《たいざんふどう》。

全身を一振りの刀と化したかのように、隙がない。

「今こそ引導を渡してやる。覚悟せい」

「うぬっ！……利いた風に吐《ぬ》かしおって……！」

負けじと三村右近は吠え猛《たけ》る。

裂かれた頬から血が流れ、首筋まで朱《あけ》に染まっている。

人をさんざん斬ってきた邪剣士も、今や血まみれ汗まみれ。

大口を叩けるだけの余裕など、実は持ち合わせていなかった。

持ち主と同様に、手にした刀も疵《きず》だらけ。側面の鎬《しのぎ》だけでは半蔵の重たい斬撃を受けきれず、ところどころ刃が欠けてしまっている。

小粋なはずの同心姿も、見る影がない。黄八丈《きはちじょう》の着流しは裾《すそ》が乱れ、黒い羽織は片袖がちぎれかけていた。

「うぬ如きにしてやられるほど……この俺は甘《あも》うない……ぞ……」

右近は息が上がりつつあった。

声が十分に出なくては、脅し文句も迫力に欠ける。

「おのれ……おのれ……!」

これまで幾度も半蔵を追い込み、痛め付けてきた強者《つわもの》も今や形なし。両の目をかっと見開き、精一杯ぎらつかせてみたところで敗色は濃厚だった。

それでも、半蔵は油断をしていない。

右近を追い込みながらも、調子に乗って攻めかかろうとはしなかった。

雲向かいは敵の張り巡らす気を雲に見立て、天高く突き上げた一刀で破る構えとされている。

相手を強敵と認めていればこそ、半蔵はこの構えを取ったのだ。

「来い……笠井……っ！」

かすれ声で挑発しながら睨《ね》め付ける、右近の視線も闘志は十分。

両目の輝きが失《う》せずにいるのは、まだ屈していないことの証《あかし》。劣勢に陥っても勝負を諦めることなく、半蔵を返り討ちにする機を狙っている。

この男、やはり手強《てごわ》い。

打ち倒すだけならばまだしも、斬るのは至難だった。

されど、臆《おく》してはいられない。

今日こそは決着を付けるのだ。

腕に覚えの一刀で討ち果たし、引導を渡すのだ——。

「…………」

じりっと半蔵は前に出た。

「死ねい！」

怒号を上げて、右近が袈裟《けさ》斬りを見舞ってくる。

すかさず半蔵も打ちかかった。

キーン。

金属音と共に凶刃《きょうじん》が阻まれた。

「うぬっ」

負けじと右近が押してくる。

だが、渾身《こんしん》の一撃を防がれた動揺は隠せない。

半蔵は腰を入れて押し返した。

合わせた刃が、ぎりっと軋《きし》む。

「む……」

右近の額を脂汗が伝い流れる。

体力は、もはや限界。

鍔《つば》迫り合いに持ち込まれれば、後がない。

「く！」

合わせた刃を打っ外《ぶっぱず》し、右近は後ろに跳び退《すさ》った。
敵の攻めをかわしたら、間を置くことなく反撃に転じねばならない。
右近は再び斬り付けを見舞っていく。
しかし、半蔵の打ち込みが一瞬速い。
ギンッ！
右近の刀身が打ち落とされた。
刀そのものを取り落としたわけではない。
辛うじて柄《つか》から手を放さずにいるものの、今にも膝《ひざ》が地面につきそうになっていた。
上体も大きく傾いて、重心が保てなくなりつつあった。
合わせた刀を、半蔵はじりじり押し下げていく。
「ううっ……」
右近の両目が細くなった。
腰に力が入らない。もはや半蔵を威嚇《いかく》する余力もなかった。
このまま膝まで突いてしまえば、万事休す。
返す刃でひと突きされれば、それでお終《しま》い。

これまでに幾人、いや幾十人を斬り捨ててきたのか、右近は覚えていない。
されど、この世は因果応報。
ついに今宵、自分が同じ目に遭《あ》う番が回って来たのだ。
天保《てんぽう》十二年（一八四一）十月の江戸は、陽暦ならば十一月。
海辺の荒れ野を吹き抜ける風が冷たい。
風音の他に聞こえてくるのは、合わせた刀の軋《きし》み。そして右近の乱れた息。
押し下げられた切っ先が、足元の枯れ草に軽く触れる。
膝頭も、地面すれすれまで来ていた。
「ひ……」
右近の喉《のど》が、ひゅうと鳴る。
刹那《せつな》。
「半さーん！」
場違いな叫びが、夜更けの荒れ野に響き渡った。
急に、声だけが聞こえてきたわけではない。
何者かが岸辺に船を乗り付け、決闘の場に駆け寄って来る気配には、先程から半蔵も右近も気付いていた。

敵か味方かが分からぬ以上、当てにはならない。

右近はどちらでも構わなかった。

必要なのは助太刀ではなく、半蔵の気を一瞬だけ逸《そ》らすこと。

ぐいぐい圧《お》して来る刃の下から脱すれば、後はどうとでもなるからだ。

瞬間の隙さえあれば、それでいい――。

右近の切なる願いは叶《かな》えられた。

「高田《たかだ》……」

半蔵が驚いた声を上げる。

右近の刀身を押し下げる力が、わずかに抜ける。

一瞬生じた隙を、右近は逃さなかった。

「ヤッ」

半蔵の刀を打っ外しざま、だっと駆け出す。

「おのれ！」

慌てて叫んでも、もう遅い。

右近の動きは脱兎そのもの。

あれほど疲労困憊《こんぱい》していたはずなのに、駆け去る足は速かった。

「おのれ……」

逃亡する宿敵を、半蔵は悔しげに見送るばかりであった。

二

とんだ邪魔が入ったものである。

宵闇の向こうから半蔵に呼びかけた、声の主は高田俊平《しゅんぺい》。

当年二十二歳の俊平は天然理心流の試衛館《しえいかん》の門人で、半蔵とは兄弟弟子。頭の冴えは今一つだが剣の腕と度胸には見どころがあり、北町奉行の遠山景元《とおやまかげもと》に抜擢《ばってき》されて、若いながらも定《じょう》廻《まわり》同心として頑張っている。

十一歳違いの半蔵とは公私共に仲が良かったが、今宵は間が悪すぎた。

「何故《なにゆえ》に邪魔をいたした！　高田っ！」

日頃の親しさはどこへやら、俊平に告げる表情は険しい。

「余計な真似をしおって！　この始末、何といたすか！」

責を問う口調も厳しかった。

無理もあるまい。

宿敵をぎりぎりまで追い込んだというのに邪魔をされ、気を取られた一瞬の隙を突かれて、まんまと逃げられてしまったのだ。

三村右近は鳥居耀蔵《とりいようぞう》の子飼いの剣客。雇い主の耀蔵から命じられ、半蔵の命をしつこく狙う一方で、周囲の人々にも害を及ぼしていた。

愛妻の佐和《さわ》も、危うく右近の毒牙に掛かりそうになったことがある。

いつまでも好き勝手にはさせておけない。

今宵こそは決着を付けてやろうと不退転の決意で臨んだ真剣勝負を、俊平は台無しにしたのだ。

故意ではないとしても、許せることではなかった。

「だんびらを振り回してるどころじゃないですよ……半さん……」

半蔵の気も知らず、俊平は逆に文句をつけてきた。

よほど無我夢中で船を漕いで来たらしく、息が乱れている。

それでも半蔵は言わずにおられなかった。

「おぬし、俺が誰とやり合《お》うていたと思うのか。三村右近ぞ」

「えっ……三村の野郎と……？」

「左様に申しておるだろう。今宵こそ雌雄を決し、引導を渡すつもりであった」

「するってぇと、そいつぁ刃引《はび》きじゃなくて本身ですかい⁉」

「見れば分かるはずぞ」

「それじゃ、ほんとに今夜は野郎をぶった斬るつもりで……」

俊平は目を見開いた。

三村右近は、半蔵だけの宿敵ではない。

かねてより俊平にも狙いを付け、隙あらば斬ろうとしていた。

若いながら腕の立つ俊平も、さすがに右近には太刀打ちできない。

兄弟子の半蔵が決着を付けるのを邪魔したと分かった以上、平謝りするより他になかった。

「す、すみやせん」

「謝ってもろうて済むことではあるまい……」

当惑する俊平を、半蔵はじろりと睨《にら》みつける。

今宵の右近との決闘は、これまでに繰り広げてきた戦いとは別物だった。

半蔵は本来、人を斬るのを好まない。

亡き天然理心流二代宗家の近藤三助方昌《こんどうさんすけのぶあき》から手ほどきを受け、その後も稽古《けいこ》を重ねて腕を上げてきた剣の手練《てだれ》でありながら、いつも刃引きを用いている。

きっかけは、初めての真剣勝負で苦戦を強いられたことだった。

斬ろうとすれば四肢が強張《こわば》り、手の内は乱れ、刀勢《とうせい》も出にくい。

相手の命を奪いたくない気持ちと恐怖心が綯《な》い交《ま》ぜとなり、一挙一動をぎこちなくさせてしまうのだ。

ならば、刃を潰して斬れなくした得物《えもの》を振るえばいい。

命まで奪うことをせず、叩きのめすにとどめれば罪悪感を抱かずに済み、緊張を強いられることもなく、鍛えた技と力を存分に発揮できる。他ならぬ俊平からの助言もあって、開眼した戦法だった。

そうやって刃引き一筋で戦ってきた半蔵が、今宵は自ら真剣を手にしたのだ。

斬ろうとする以上、返り討ちにされる覚悟もしなくてはならない。

だが、三村右近は生かしておけぬ外道。

あの男を討ち取らねば、また誰かが泣きを見る。

悪行を止めるため、自分が立ち上がるより他にない。佐和と今生《こんじょう》の別れになるかもしれないと懊悩《おうのう》しながらも、勝負を挑まずにはいられなかった。

そんな決意を固めて宿敵と対決し、討ち取る寸前まで行きながら、あっけなく取り逃がしてしまったのだ。

「無念だ……」

下を向き、半蔵は悔しげにつぶやく。

右近は疾《と》うに彼方《かなた》へ逃げ去り、もはや影も形もない。

それでも納刀する気になれず、右手に抜き身を提げたままでいた。

身幅が厚く、見るからに頑丈そうな造りである。

淡い月明かりに浮かぶ刃文は、遠くに望む杉木立を思わせる。

右近を討つために買い求めた、孫六兼元《まごろくかねもと》の作という触れ込みの一振りだった。

この乱世の剛剣を以《もっ》て、宿敵と決着を付けるつもりでいたのである。

(申し訳ない、金井《かない》殿)

半蔵が胸の内で詫びた相手は、先だって闇討ちされた金井権兵衛《ごんべえ》。南町奉行の矢部定謙に仕える内与力で、半蔵とは役目を超えた友情で結ばれた仲間であった。

亡骸《なきがら》に残る太刀筋を見れば、右近の仕業なのは一目瞭然。

しかし、表立って罪を問うわけにはいかなかった。

右近は耀蔵に同心株を買い与えられ、南町に出仕している身だからだ。

見習い同心が内与力を手にかけたとなれば一大事。

表沙汰になれば奉行の定謙の名前に傷が付くし、そもそも右近が容疑を認めるはずもない。訴え出たところで詮議《せんぎ》が早々に打ち切られ、うやむやにされるのは目に見えていた。

となれば、闇で裁くより他にあるまい。

今日は権兵衛の初七日だった。

外聞《がいぶん》を憚《はばか》って密葬に処されたため、半蔵は焼香も遠慮せざるを得なかった。

故人と別れを惜しむことが叶わぬのなら、せめて無念を晴らしてやりたい。

もとより右近は自分より弱い者を平気で痛め付けたり、不意打ちをするのを屁《へ》とも思わぬ、剣客の風上に置けない輩《やから》。

誰彼構わず斬りたくはなかったが、あの男だけは許せない。

人の道を踏み外した悪鬼と見なし、迷うことなく斬って捨てよう。

半蔵は揺るぎない決意を固め、宿敵に引導を渡すつもりであった。

にも拘《かか》わらず、討ち漏らしてしまったのである。

痛恨の失態だった。

今後、右近は二度と誘いに乗って来ないだろう。

甘く見ていた半蔵が刃引きを捨てて本身を取り、斬る気になったと思い知ったからには油断をしないだろうし、いよいよわが身が危なくなれば、代わりに兄の左近《さこん》を差し向けて来るかもしれなかった。

強敵だった右近を追いつめるほど腕を上げた半蔵も、左近には敵《かな》わない。

このままでは、権兵衛の無念を晴らす日は遠退《とおの》くばかり。

勝負を邪魔したのが敵の仲間ではなく、仲のいい弟子だったとなれば、尚のこと腹立たしかった。

「どうしてくれるのだ、高田っ……」

半蔵はゆらりと前に出る。

「ま、待ってくだせぇ」

怒りの形相で迫るのを、俊平は懸命に押しとどめた。

「この期《ご》に及んで臆したか、うぬ！」

堪《たま》らずに、半蔵は一喝を浴びせる。

それでも、俊平は引き下がろうとしなかった。

「俺を殴ろうってんなら、後でご存分にやっておくんなせぇ……」

胸を張り、半蔵を見返す視線は力強い。

こちらも息を乱していたが、告げる口調は真剣そのもの。

半蔵は深々と溜め息を吐《つ》いた。

高ぶった気が鎮《しず》まり、肩から力が抜けていく。

兄弟子が落ち着いたのを目の当《ま》たりにして、俊平もホッと息を継いだ。

「して高田、何があったと申すのだ」

半蔵は穏やかな口調で問いかける。

仲間同士で争ったところで、何にもなりはしない。

知らせに来たのがくだらぬ話であったとしても、笑って許そう。

半蔵はそんな気持ちになっていた。

と、思いがけない一言が耳朶《じだ》を打つ。

「驚かねぇで聞いておくんなさいよ……。つい今し方、南町の仁杉《ひとすぎ》様が御用鞭《ごようべん》（逮捕）にされちまったんです」

「仁杉殿が？……たわけたことを申すでない」

「間違いありません。北町でも、そりゃ大騒ぎで……悪党どもをお縄にしなさる与力様が事もあろうに、牢屋敷送りにされたんですよ」

「何としたことか……」

半蔵は絶句する。

それにしても、信じがたい。

「まことなのか、高田」

「どういうこってす、半さん」

「粗忽《そこつ》なおぬしのことだ。きっと何かの間違いだろう」

「馬鹿を言わねぇでおくんなさい」

俊平はムッとした。

「わざわざ冗談で十万坪くんだりまで来るほど、俺ぁ酔狂じゃありませんよ」

「す、すまぬ」

今度は半蔵が謝る番だった。

もはや、逃げた右近を追うどころではない。

俊平が知らせてきたのは、それほどの大事件だったのだ。

仁杉五郎左衛門《ごろうざえもん》は、南町奉行所の年番方《ねんばんかた》与力。

歴代の奉行を支えた功労者であり、半蔵とも面識がある。

そんな名与力が突然捕らえられ、投獄されてしまったというのだ。

謹厳実直で汚職とも無縁な人物が、罪に問われる真似などするはずがない。

「して、何者が仁杉殿に縄を打たせおったのだ」

「決まってまさぁ、鳥居耀蔵ですよ」

俊平は苛立《いらだ》たしげに答える。

「あの野郎、先だっての刃傷沙汰の取り調べにかこつけて、仁杉様を引っ捕らえやがったそうですぜ」

「やはり、あやつの差し金か……」

半蔵の目がぎらりと輝いた。

「仁杉殿が悪事に手を染めるなど有り得ぬことぞ。すべては鳥居の仕組んだ罠《わな》に相違あるまい」

「仁杉様を信じなさるんですかい、半さん」

「当たり前だ」

半蔵は言い切った。

「鳥居めの狙いは、南町の奉行職……。仁杉殿を罪に陥れ、お奉行を追い落とす肚《はら》であろうぞ」

鳥居耀蔵は、老中首座を務める水野忠邦《みずのただくに》の懐刀《ふところがたな》。

あの男の出世欲は、とどまるところを知らない。

かねてより南町奉行の座に狙いを定め、今の奉行である矢部定謙を失脚させて成り代わろうと暗躍していた。

名与力を捕縛させたのは、野望の実現に向けた第一歩。

そう見なして、間違いあるまい。

いかにも耀蔵がやりそうなことだった。

配下が罪に問われれば、上役は責任を取らされる。五郎左衛門が裁きを受けることになれば、定謙の立場も危うくなる。

必要なのは、既成事実。

濡《ぬ》れ衣《ぎぬ》であっても構わない。

耀蔵には、白を黒にできる力があるからだ。

直参《じきさん》旗本から選ばれる目付《めつけ》は定員十名。

言わば幕府の内部査察官に当たる立場で、自分と同じ直参である旗本と御家人の行状《ぎょうじょう》を監察し、罪を犯した者を取り調べ、逮捕する権限を持つ。

町奉行所勤めの与力も旗本に準じる身分のため、五郎左衛門は上役の定謙ではなく、目付の耀蔵によって身柄を拘束されてしまったのだ。

無実の者に罪を着せるのも、耀蔵はお手の物。

蛮社《ばんしゃ》の獄において蘭学者を大量に弾圧しただけでは飽き足らず、市井《しせい》の協力者まで連座して捕らえた上で、幾人も獄死に追い込んでいる。

前例があるだけに、甘く見るのは禁物だった。

「急ぎ参るぞ、高田！」

「承知！」

二人は同時に駆け出した。

深川十万坪は、小名木川《おなぎがわ》とつながる運河に面した埋め立て地。

人工の河川が縦横に巡らされた江戸では、水路のほうが移動は速い。牢屋敷がある日本橋の小伝馬町《こでんまちょう》も、俊平が乗って来た快速船の猪牙《ちょき》さえ使えば一跨《ひとまた》ぎだ。

「行きますぜぇ、半さん！」

「応！」

外道どもを好き勝手にのさばらせはしない。

決意も固い二人を乗せて、猪牙は闇の中を突き進むのだった。

三

牢屋敷は、幕府が江戸市中に設けた牢獄である。

当初は常盤橋《ときわばし》の御門外に置かれたが、江戸開府から間もない慶長《けいちょう》年間に小伝馬町へ移され、天保の世に至っていた。

町人地の直中に建つ牢屋敷の広さは、実に二千六百七十七坪。周りは忍び返しが付いた、高さ七尺八寸の練塀と堀に囲まれており、堀に架かる石橋を渡ったところに門がある。

この表門を潜った先の左手一帯を、獄舎が占めている。

内訳は大牢、二間牢《にけんろう》、百姓牢、女牢、そして武士が拘置される揚《あが》り座敷と揚り屋。

囚人たちの中には永牢（終身刑）の者も居《お》り、敷地内の刑場では昼も夜も死罪が執行され、亡骸《なきがら》は裏門から密かに運び出される。

この世の地獄の牢屋敷から生きて出られるのは、町奉行所に護送されて白洲《しらす》で裁きを受けるときと、火事で被災したときの一時避難のみ。それ以外は一歩たりとも外出を許されず、当然ながら守りは固い。

しかし、今宵の警戒は厳重すぎた。

猪牙を降り、堀伝いに駆けてきた半蔵と俊平が、パッと手前で立ち止まる。

「ちっ、先回りをしやがったな……」

つぶやく俊平の視線の先には、屈強な武士の一団。

門前から石橋の上、堀の周囲に至るまで、油断なく目を光らせている。本来の門番は詰所にでも追いやられたのか、姿が見えない。

「半さん？」

俊平が慌てた声を上げる。

止めるのも構わずに、半蔵はずんずん前へ向かって歩き出す。

闇の向こうから数人の武士が駆けて来た。

「何奴《なにやつ》じゃ！」

「みだりに近付くでない！」

口々に威嚇《いかく》する態度は横柄そのもの。

「怪しい奴め！　面体《めんてい》を改める！」

居丈高《いたけだか》に告げると同時に、一人が手にした提灯《ちょうちん》を突き出した。

淡い光の中に、半蔵の浅黒い顔が浮かび上がる。

その武骨な顔を目の当たりにしたとたん、武士たちは凍り付いた。

「か、笠井半蔵……」

「う、うぬであったか」

動揺を隠せないのは、半蔵の腕を承知していればこそだった。

牢屋敷の守りを固めていた、揃いの羽織袴の一団は小人《こびと》目付。

耀蔵の手足となって暗躍している下級の目付で、いずれ劣らぬ遣い手揃いだが半蔵に勝てる強者は、今や一人もいなかった。

これまで幾度となく刃引きで打ち倒され、命こそ取られぬまでも痣《あざ》を作ったり骨を折ったりと散々な目に遭《あ》ってきただけに、好んで相手はしたくない。

一様に怯《おび》える小人目付衆に、半蔵は鋭く告げる。

「仁杉五郎左衛門殿に会いたい……おぬしらに用は無い故、退《の》いてもらおうか」

迫力に押され、人垣が割れる。

ずいと半蔵は進み出る。

堀に架かる石橋を渡れば、牢屋敷の門は目前。

だが、そこから先に進むことはできなかった。

「待て、笠井！　これより先は通さぬぞ！」

門前を固める一隊を指揮していた、年嵩《としかさ》の小人目付が言い放つ。瘦せてはいるが眼光鋭く、腰の据わった男であった。

「我らは御用の筋で動いておる！　邪魔立ていたさば只では済まぬと心得よ！」

「む……」

半蔵の足が思わず止まる。

警告をしたのに続いて、小人目付が書付を拡げて見せたのだ。

灯火の下で示されたのは、水野忠邦の名が記された逮捕状。目付として耀蔵が五郎左衛門の捕縛を申請し、忠邦が老中首座として許可を与えたものだった。

「頭《ず》が高いぞ、控えおろう」

「…………」

やむなく、半蔵はその場に膝を突く。

将軍の上意には及ばぬまでも、老中首座の威光は絶大。百五十俵取りの小旗本《こっぱたもと》が逆らえるはずもなかった。

半蔵の出現に一瞬動揺した他の面々も、すでに調子を取り戻していた。

「ははは、情けない姿だのう」

若い小人目付が、ここぞとばかりに嘲《あざけ》りの声を上げる。

「うぬの如き軽輩が押し通れると思うておったのか、愚か者め！　矢部駿河守《するがのかみ》様にもお引き取り願うた我らを、甘う見るでないぞ」

「何……お奉行が参られたのか?」

「左様。半刻《はんとき》ほど前にな」

「これ、余計なことを申すでない」

年嵩の小人目付が、すかさず止める。

書状を畳みながら、半蔵をじろりと見やる。

「とまれ、そういうことだ。わが身が可愛くば、早々に引き取るがいい」

半蔵は黙って退いた。

口惜しくても、この場は引き下がるより他にない。

暴れれば、逆に罪を問われてしまうからだ。

耀蔵は独断で五郎左衛門を牢屋敷に投獄したのではなかった。しかるべき段階を踏み、老中の許可まで得た上で、縄を打つに至ったのである。

となれば、半蔵に文句をつける余地はない。

今までの戦いは、敵も隠密裏に動いていたから表沙汰にはならなかった。

耀蔵も表沙汰になっては困るため、配下の小人目付衆を何人倒されようと咎《とが》め立てするわけにはいかなかった。

しかし、こたびは違う。

耀蔵は目付の職務として、五郎左衛門を連行した。

強引と思われる行動も、すべて公儀が認めたことなのだ。

一介の小旗本にすぎない半蔵が異を唱えるなど、筋違いも甚《はなは》だしい。咎めを受けるだけでは済まされず、下手をすれば家名まで断絶されかねないだろう。

それでも、半蔵は諦めきれなかった。

よろめく足を踏み締めて、向かうは牢屋敷の裏手。

「もう止《よ》しましょうぜ、半さん」

「臆するでない……斯《か》くなる上は、忍び込むまでぞ」

気後れした様子の俊平を叱咤《しった》しながら、闇の中をずんずん進んでいく。

裏門は警備も手薄のはず。

見張っているのが数人ならば顔を見られる前に打ち倒し、気を失っている間に侵入するのも容易《たやす》いだろう――。

そんな半蔵の期待は叶わなかった。

夜目を利かせて様子を探った俊平が、渋い顔で首を振る。

「とてもいけませんぜ、半さん、ざっと十人は居《お》りまさぁ」

「何っ？」

「雑魚《ざこ》もあれだけ居《い》たら手に負えねぇ。一人でも逃がしちまったら終《しま》いですよ」

耀蔵は抜かりなく、裏門にも一隊を配していたのである。

念の入ったことだった。

どうあっても、半蔵に付け入る隙を与えぬつもりなのだ。

「おのれ……」

半蔵はずいと前に出た。

浅黒い顔に怒気が満ちている。

「半さん？」

俊平が慌てたのも無理はない。

力ずくで乗り込もうとは、無謀に過ぎる。

だが、半蔵は我を失っていた。

こうなれば、力ずくで止めるより他にあるまい。

「御免なさいよ」

一声告げるや、俊平は半蔵を羽交い絞めにする。

それでも歩みは止まらなかった。

半蔵はずんずん進み行く。

俊平は思わず引きずられた。

「うう っ……」

さほど体格は変わらぬのに、踏みとどまれない。

このままでは、裏門を固めている連中に気付かれてしまう。

そこに一人の男が駆けてきた。

「お待ちなせぇ、坊ちゃんっ」

半蔵の行く手を阻んだのは、六十がらみの老爺だった。

髷《まげ》は白髪だらけだが、体付きは力士並みにたくましい。

腕も足も太く、上背も若い二人に劣っていなかった。

「止め立ていたすな、政吉《まさきち》！」

「いけねぇ、いけねぇ」

抗《あらが》う半蔵を、老爺はがっちりと押さえ込む。

両腕を閂《かんぬき》に決められては、さすがに一歩も動けない。

「くっ！」

半蔵はがっくりと下を向く。

「助かったぜぇ、とっつぁん」

落胆する兄弟子を気遣いつつ、俊平は老爺を労《ねぎら》った。

「それにしてもお前さん、どうしてここに」

「ご隠居から頼まれたんでさ。俊の字が牢屋敷に押し入ろうとするかもしれねぇから、ちょいと様子を見に行ってくれって……ね」

「へっ、幾《いく》ら俺でもそこまで無茶ぁしねぇよ……」

と、俊平は慌てて苦笑を引っ込める。

「すみやせん、半さん」

「構わぬ……。こちらこそ、雑作をかけてすまなかったな」

詫びる半蔵の口調には、いつもの穏やかさが戻っていた。

俊平の肩を叩くと、続いて老爺に向き直る。

「よく来てくれたな、政吉……礼を申すぞ」

「とんでもねぇ。差し出がましい真似をしちまって、こっちこそすみやせん」

「かたじけない」

屈託なく微笑《ほほえ》む老爺に、半蔵は笑みを返す。

辛うじて思いとどまることができたのは、昔馴染《なじ》みの政吉のおかげだった。

政吉は、半蔵の実家の村垣《むらがき》家で中間《ちゅうげん》奉公をしていた身。幼い頃から可愛がってきた半蔵を坊ちゃんと呼ぶ癖が、未だに抜けていなかった。村垣家をお払い箱になった後は南町の吟味方《ぎんみかた》与力だった宇野幸内《うのこうない》に長らく奉公し、今は隠居した幸内に代わって俊平に仕え、岡っ引きとして十手《じって》御用の手伝いに励んでいる。

「ほんとに助かったぜ、とっつぁん」

俊平は重ねて礼を告げる。

政吉が来てくれたのは幸いだった。

半蔵を力ずくで止めなければ、取り返しがつかなくなっていただろう。

小人目付衆を蹴散らし、牢屋敷に突入すること自体は容易い。

だが、そんな真似をしても何にもならない。

五郎左衛門に続いて捕らえられ、投獄されるだけのことだ。

そうなれば婿入り先の笠井家にも累が及び、佐和まで責めを負ってしまう。

「半さん……ここは我慢のしどころですぜ」

半蔵が落ち着いたのを見計らい、俊平が告げてくる。

「ご老中のお許しを頂戴してるとなりゃ、横槍を入れるわけにもいかねえ。今夜のところは退散するしかありやせん」

「あっしからもお願いしますよ、坊ちゃん」

「うむ……」

気遣う二人に、半蔵は言葉少なにうなずき返す。

止めてくれたのは有難いが、まだ怒りは収まらない。

(このままでは済まさぬぞ、鳥居耀蔵……)

自重するしかないと思いながらも、胸の内でつぶやかずに居られなかった。

四

小伝馬町を後にした三人は、新大橋を渡り行く。

音頭を取ったのは政吉だった。

『あっしなんぞを頭数に入れたんじゃ、三人揃って文殊《もんじゅ》の知恵ってわけにもいかねぇでしょう。ここはひとつ、ご隠居に相談してみちゃいかがですかい？』

そう持ちかけられ、宇野幸内を訪ねることにしたのだ。

どのみち、礼を言わねばならぬ相手である。

連れ立って新大橋を渡った先は、深川元町《もとまち》。小伝馬町から人形町、浜町河岸を経て、四半刻《しはんとき》とはかからぬ場所だ。

幸内の隠居所が在《あ》るのは、大川と小名木川が交わる萬年橋の袂《たもと》近く。元禄の昔には、俳聖の松尾芭蕉《まつおばしょう》が庵《いおり》を結んでいたとされる辺りだった。

青葉庵《あおばあん》と称する隠居所は、小さいながらも瀟洒《しょうしゃ》な二階建て。

庭先に作られた畑の向こうは縁側になっており、とっくに雨戸は閉まっていたが、窓越しに淡く明かりが見える。

幸内は囲炉裏端《いろりばた》で暖を取っていた。

「よぉ、来たかい」

顔を見せた半蔵たちに、ひょいと片手を挙げて幸内は微笑む。縮緬《ちりめん》の着流しと袖なし羽織が、引き締まった体に映えていた。

「寒かったろう。早いとこ火にでも当たりな」

「お邪魔しやす」

政吉は一礼し、先に土間へ入っていく。

手桶に水を汲んできて、半蔵の足を濯《すす》ぎに取りかかる。

「止せ止せ、構うには及ばぬ……」

「いいからいいから、じっとしてなせぇ」

恥ずかしがる半蔵を押さえ込み、じゃぶじゃぶ洗う政吉の顔は楽しげだった。

微笑ましい光景を横目に、俊平は自ら濯ぎを遣う。

三人が上がってくるのを待つ間に、幸内は台所から鉄鍋を持ってきた。

丸い弦《つる》を自在鉤《じざいかぎ》に架け、囲炉裏の火勢を強くする。

「猪鍋だよ。晩飯の残りもんだが、構わねぇだろ？」

「かたじけない、ご隠居」

半蔵は慇懃《いんぎん》に一礼した。

にこにこしている幸内に向かって座り、改めて礼を述べる。

「政吉を差し向けてくださった由《よし》。重ねて御礼を申し上げる」

「どういうこったい、そいつぁ」

幸内はきょとんとする。

「俺ぁ俊の字が無茶ぁすると思って、政に出向いてもらったのだぜ？　どうしてお前さんが礼を言うんだい」

「……恥ずかしながら、政吉に止めてもろうたのは拙者《せっしゃ》にござる」

「ほんとかい」

「小人目付どもに門前払いを食わされ、少々腹が立ち申した……」

「ははは、そいつぁ大変《てぇへん》だったな」

幸内は思い切り苦笑して見せた。

恥を忍んで礼を述べた半蔵にしてみれば、なまじ気遣われるより笑い飛ばしてもらったほうが気分はいい。

宇野幸内は昔から与力には珍しく、伝法な物言いをする男。

酒を勧める態度も、打ち解けたものであった。

「まぁ一杯やんなよ。ほれ、俊の字も」

「頂戴いたす」

「いただきますぜ、ご隠居」

半蔵と俊平は、注がれた燗酒《かんざけ》をキュッと干す。

隠居所は整然と片付いており、板敷きの床には塵《ちり》ひとつ見当たらない。

「どうせ酌をしてもらうならお憐《れん》のほうがいいんだろ、俊の字？」

「な、何を言いなさるんですかい」

「へっ、照れるな照れるな」

俊平をからかいながら、幸内は燗酒をちびりと口にする。

すっきりした細面で、きれいに鼻筋が通っている。白髪まじりの髪は手入れが行き届いており、鬢《びん》付け油の香りが芳《かぐわ》しい。

かつて鬼与力と呼ばれていたとは思えない、好々爺ぶりである。

宇野幸内は当年五十三歳。一昨年の暮れに勤めを辞し、八丁堀から深川に移り住んでもうすぐ二年になる。

現役の頃の蓄えがよほど潤沢らしく、趣味の読本《よみほん》の蒐集にも費《つい》えを惜しまずにいるが暮らしに不自由はしていない。庭に畑を作るのも半ば退屈しのぎで、憐という住み込みの若い女中と二人、のんびりと毎日を過ごしていた。

そんな楽隠居の家に俊平が日頃から出入りするのは、美しい憐に好意を抱いているからだけではない。難しい事件に出くわすたびに謎を解く知恵を、そして時には小野《お》派《は》一刀流《いっとうりゅう》の剣の腕を借りるためだった。

幸内は現役の頃から知勇兼備の傑物として名高く、古巣の南町はもとより北町でも知らぬ者はいない。捕物御用とは無縁の半蔵も「南町の鬼仏《おにぼとけ》」という異名はかねてより耳にしていた。

それにしても、なぜ落ち着いていられるのか。

（解《げ》せぬ……）

燗酒を馳走になりながら、半蔵は疑問を覚えずにいられない。

捕まった仁杉五郎左衛門は、幸内とは無二の友のはず。見習い与力として南町に出仕し始めたのもほぼ同じで、若い頃から切磋琢磨《せっさたくま》してきたという。

その親友が囚われの身となったのに、どうして平気でいられるのか。

半蔵が同じ立場であれば、じっとしてはいられまい。

しかも定謙を護《まも》るために助けたい半蔵と違って、幸内は五郎左衛門にしか興味がないはずである。

なぜ、長閑《のどか》に酒など呑んでいられるのだろうか——。

半蔵の疑問をよそに、俊平と政吉は余計なことを口にしない。囲炉裏の火で暖を取りながら、黙々と酒を傾けるばかりだった。

程なく、猪鍋が煮えてきた。

政吉は袖をまくり、杓子《しゃくし》を握る。

湯気が立つのを手際よく椀に取り分け、幸内から順に配っていく。

「さぁ坊ちゃん、召し上がってくだせぇ」

「すまぬな」

椀と箸を受け取り、半蔵はまず大根を口に運ぶ。

猪肉の濃い味と脂が染みている。美味《うま》い。

味噌を多めに利かせてあるので、臭《くさ》みも気にはならなかった。

我知らず、ふっと笑みが浮かぶ。

その顔を見て、幸内も微笑んだ。

「落ち着いたかい、半蔵さん」

「は……はい」

「だったら、もう無茶な真似はしねぇな？」

「面目ない……向後《こうご》は自重つかまつります故、ご容赦《ようしゃ》くだされ」

「そいつぁ良かった」

幸内は安堵《あんど》した様子で言った。

「ったく、今夜は肝《きも》を冷やしたぜ。無茶をするなら俊の字だろうとばかり思っていたら、まさかお前さんが突っ走るとはなぁ」

「まこと、面目次第もござらぬ……」

半蔵は重ねて詫びる。

幸内は、捕らえられた五郎左衛門の身を案じていないわけではなかった。

下手に騒ぐよりも、今は様子を見るのが賢明。

急《せ》いて押しかけるより、日を改めて面会に出向いたほうがいい。

冷静に状況を判じた上で、自重していたのである。

怒りに任せて行動を起こした半蔵は、恥ずかしい限りであった。

「いいかい半蔵さん、くれぐれも焦っちゃならねぇぜ」

猪鍋の椀を空にすると、幸内は続けて言った。

「牢屋敷送りにされたってことは、裁きが下るまでは無事ってことさね。これが大牢や二間牢に送られたってんなら何をされるか分かったもんじゃねぇが、仁杉が入れられたのは揚り屋だ。鳥居の野郎も無体《むたい》な真似はできめぇよ」

「まことにござるか？」

「町方で三十五年も飯を食ってきた俺が言ってるんだ。安心しな」

確信を込めた言葉に、半蔵は黙ってうなずく。

その様子を見て、俊平と政吉も安堵したようだった。

気が緩めば、自ずと口も軽くなる。

「あーあ、佐久間《さくま》さんもご隠居に相談すればよかったものを……」

俊平が嘆いたのは去る六月二日、南町奉行所で起きた事件。

吟味方の下役同心を務めていた佐久間伝蔵《でんぞう》が乱心し、同僚を殺傷した末に自害してしまったのだ。

耀蔵はこの事件の調べに乗じ、伝蔵を抑えられなかった責を五郎左衛門に問う一方で厳しく問い詰め、過去に余罪があったと決め付けたのである。

「ったく、ひでぇ言いがかりですぜ」

俊平は怒りを抑えきれない。

半蔵も思うところは同じであった。

されど直参である以上、目付の取り調べを拒むわけにもいくまい。

半蔵も耀蔵の策に陥れば、同様の目に遭うのである。

五郎左衛門を見舞った災厄は、他人事《ひとごと》ではないのだ。

耀蔵は事件の発生直後から南町に乗り込んで、関係者の尋問を進めていた。

伝蔵は現場で自害して果てたため、取り調べの対象は遺族と職場の人々に絞られた。

五郎左衛門は奉行に次ぐ立場であり、同心たちを束ねる年番方与力という役目の上でも、尋問を受けざるを得なかった。

その結果、余罪を追及されるに至ったのだ。

五郎左衛門は、管理不行き届きだけを理由に投獄されたわけではない。

一番の罪は五年前、天保七年（一八三六）の飢饉《ききん》で江戸が深刻な米不足に見舞われたときの汚職だった。飢えた民による打ちこわしを防ぐため、五郎左衛門は時の南町奉行だった筒井政憲《つついまさのり》から、市中御救米《おすくいまい》取扱掛に任じられていた。そこで職権を乱用し、私腹を肥やしたに違いないと耀蔵は決めつけたのである。

この件は俊平も以前に調べ、五郎左衛門に落ち度はなかったと見なしていた。

「仁杉様は入り用な米を手に入れるために、あれこれ手を尽くしなすっただけのことですよ。袖の下なんぞ、取るはずがねぇでしょう？」

「そのとおりだぜ、俊の字」

話を引き取り、幸内が言った。

若い俊平の判断だけでは誤りも有り得ようが、五郎左衛門の親友だった幸内が太鼓判を押してくれたとなれば、まず間違いはあるまい。

しかし、状況は五郎左衛門にとって不利なものでしかなかった。

佐久間伝蔵は五年前の御救米調達に携わり、五郎左衛門の忠実な配下として働いていた。その伝蔵に斬殺された吟味方下役見習い同心の堀口貞五郎《ほりぐちさだごろう》は、やはり五郎左衛門の配下の一人だった堀口六左衛門《ろくざえもん》の息子でありながら、南町奉行所のために皆で心を同じくして力を尽くそうとは考えてもいなかった。

父子揃ってろくでなしの二人に伝蔵は怒り、逃げた六左衛門の代わりに貞五郎を成敗したのだ。

耀蔵にとっては、格好の口実だった。

「堀口父子の口から旧悪が露見するのを恐れ、腹心に口封じをさせるとは不届き至極、か……。鳥居め、言いがかりにも程があろうぞ……」

半蔵は生前の佐久間伝蔵と関わりを持ち、どんな男なのか承知していた。

もちろん、命じられて凶行に及んだわけではない。

伝蔵は同僚たちの裏切りに対し、怒りを爆発させたのだ。

堀口六左衛門が耀蔵に加担し、五郎左衛門を無実の罪に陥れようとするのを阻もうとして、突っ走ってしまったのだ。

説得に応じれば、伝蔵も刃傷沙汰までは引き起こさなかっただろう。

しかし、欲に目が眩《くら》んだ人間は聞く耳など持ちはしない。

いずれは耀蔵が定謙を追い落とし、次の南町奉行になるのだから出世するのも望みのままだと浮かれる六左衛門に、堅物(かたぶつ)の伝蔵がどんなに正義を説いたところで無駄だった。

　かくして伝蔵は絶望し、裏切り者どもを斬るしかないと思いつめ、試し斬りの稽古を重ねた上で、白昼の凶行に至ったのである。

　半蔵は尋常ではないと案じながらも、ついに止めることができなかった。

　悔いが残ることである。

　あの事件さえ起きていなければ、耀蔵も南町には手を出せなかったはず。

　寺社奉行、勘定奉行と合わせて三奉行と称される町奉行は、江戸の司法と行政を任されている。目付といえども、好き勝手に干渉するわけにはいかない。

　されど、同心が罪を犯せば話は違う。

　軽輩でも直参である以上、裁くのは目付の役目。微罪であれば奉行の一存で片付いただろうが、同心が殺し合って死人まで出たとなれば、これは大事件。耀蔵が直々に南町へ乗り込んで取り調べを行ったのも妥当であり、現場責任者の五郎左衛門を尋問するうちに過去の余罪が発覚し、捕らえて投獄するに至ったのを、あくまで自然な流れだったと見せかけるのも容易い。

付け入る隙を与えた伝蔵の行動は、軽挙だったと言うより他にあるまい。

だが、あの一本気な男のことを、半蔵は悪く思いたくなかった。

「ったく、佐久間さんも余計な真似をしたもんだ」

「これ、悪《あ》しざまに言うてはいかん」

腐る俊平を、半蔵はやんわり諭《さと》す。

「あの御仁《ごじん》は義を成したのだ。やり方はどうあれ、敬愛する仁杉殿のために一命を捨て、事に及びしことは見上げたことであろう……」

「そうですかねぇ」

「そうだぞ。四の五の申すな」

伝蔵を悪者にしたくないのは、死者への敬意だけとは違う。

五郎左衛門が御救米の調達を任されたのに乗じ、多額の賄賂《まいない》を取ったと最初に言い出したのは、実は耀蔵ではない。

不正があったと決め付けた張本人は、矢部定謙。

前の南町奉行だった筒井政憲を追い落とすために、脅しをかけて五郎左衛門の一件をでっち上げたのだ。

当時の定謙は水野忠邦に睨《にら》まれ、左遷続きで出世街道から外されていた。

三十代の若さで火付盗賊改《ひつけとうぞくあらため》に抜擢されて勇名を馳《は》せ、堺《さかい》奉行から大坂西町奉行を経て勘定奉行にまで成り上がったのが、西ノ丸留守居役に小普請《こぶしん》奉行と閑職にばかり廻されて、性根が腐りきっていた。

そこで南町奉行の職に狙いを定め、古株の政憲に脅しをかけて、席を明け渡すように持ちかけたのである。

ひと悶着あったものの政憲は職を辞し、定謙は念願の職を手に入れた。

だが、世の中は因果応報。

今度は耀蔵が脅しをかけて、南町奉行になろうとしているのだ。

しかも、耀蔵のやり方は狡猾《こうかつ》だった。すべてを表沙汰にし、五郎左衛門を罪人に仕立てて定謙の責を問い、立場を失わせようと目論《もくろ》んでいる。

前任の筒井政憲は、そこまで追い込まれはしなかった。

これは自業自得と言うべきなのか。

それでも、半蔵はまだ定謙を嫌いになれずにいる。

ひとかどの男と見込んだ以上、最後まで護りたい。

そのためには、五郎左衛門が罪に問われては困る。

されど、幸内たちの立場は違う。

かつては政憲に味方し、定謙が南町奉行になるのを力ずくで阻止しようとしたこともある。

本音では、今後どうなろうとも構わないのだろう。

そう思えば、半蔵は迷わずにいられない。

五郎左衛門を助けたいのは同じでも、定謙のことを考えてくれないのでは安心して手を組めないからだ。

彼らは詰まるところ敵なのか。

それとも、味方をしてもらえるのか。

幸内たちの胸の内が知りたい。

さて、如何《いか》にして探ればいいのだろうか――。

「どうしたんですかい、半さん？」

俊平が怪訝《けげん》そうに問うてくる。

「いや……」

剣と違って、半蔵は話術が不得手。

巧みに二枚舌を使えれば、もっと出世していただろう。

もとより不器用な質《たち》なのは、俊平も承知の上。

とはいえ、妙な態度が気にかかる。

「水臭いなぁ。訊《き》きてぇことがあるんなら、サックリ言ってくださいよ」

「何でもないのだ。気にいたすな」

「いーや、そんなこたぁねぇでしょう」

困ったことに、政吉まで話に首を突っ込んできた。

「何ですか坊ちゃん、旦那がたに言いにくいってんなら、あっしに申しておくんなさいまし」

「か、構わずともよい」

半蔵は懸命になってごまかそうとした。

幸内たちを疑っていると、面と向かって口にできるはずもない。

だが、隠し通すのは無理だった。

目は口ほどに物を言う。

半蔵は不安の余り、ぎょろりとした両の目を血走らせていた。

隠し事などしていなければ、いつも澄んでいるはずの瞳《ひとみ》である。

どこかおかしいと、俊平と政吉が怪しんだのも無理はない。

「半さん」

「坊ちゃん」

「…………」

二人に挟まれ、半蔵は窮地に立たされた。

このままでは問い詰められ、こちらが本音を言わされてしまう。

と、そこに幸内が助け舟を出してくれた。

「まぁまぁまぁ、野暮な詮索はそのぐれぇにしておきな」

「どうしたんです、ご隠居」

「そうですぜ、あっしらはせっかく……」

「いいから、いいから。せっかくの猪鍋が冷めちまうだろうが？　汁もんってのは温けぇのが値打ちなのだぜ。ほら政、お前も早いとこ食っちまいな」

そう言って杓子を取り、てきぱきと給仕をし始める。

「お前さんもお代わりするかい？」

「かたじけない」

半蔵は、ホッとした面持ちで椀を差し出す。

よそう幸内も気のいい笑み。

しかし、目の奥までは笑っていない。

先程から、そうしていたのである。

半蔵はもとより、俊平と政吉も気付いてはいなかった。

五

愚直な半蔵の他にも一人、使い分けのできぬ不器用者が居た。

その名は矢部定謙、五十三歳。

深川元町の青葉庵で半蔵が往生していた頃、定謙は怒り心頭に発していた。

単身乗り込んだ先は、下谷《したや》練塀小路《ねりべいこうじ》の鳥居家。

「退け！　退けい！」

定謙は怒りの形相。もとより顔も体付きも精悍《せいかん》なだけに、迫力十分である。

「鳥居は何処《いずこ》じゃ！　隠し立ていたさば、ためにならぬぞ！」

思わぬ来訪に困惑させられたのは、耀蔵に仕える家士たち。

各自それなりに腕に覚えがあっても、迂闊《うかつ》な真似はできかねる。相手はあるじの耀蔵と日頃から付き合いのある大身旗本。しかも、現職の南町奉行なのだ。

「お待ちくだされ、駿河守様っ」

「ご無体にござる！　どうか、お静まりくだされい！」

口々に諫《いさ》めながらも手は出せない。まして刃を向けるわけにもいかず、何とか体を張って止めようとしては、左に右に払いのけられるばかりであった。

二千五百石取りの旗本となれば、屋敷は広い。

庭には大きな池があり、水面を吹き渡る風は冷気を孕《はら》んでいる。

凍《い》て付く風をものともせず、定謙は庭に面した廊下《ろうか》を突き進んでいく。

騒ぎをよそに、耀蔵は奥の私室で書をひもといていた。

定謙が部屋の前までやって来ても、動じはしない。

書見台の前に座したまま、視線を返すのみ。

「これは駿河守殿、久方ぶりにござるな」

無礼な振る舞いを咎めもせずに、すっと見返す態度は落ち着いたもの。

「むむっ……」

定謙は思わず言葉に詰まった。

鳥居耀蔵は四十六歳。体付きは中肉中背で、特に武芸の心得もない。少年の頃から鍛錬を重ね、五十の坂を越えても剽悍《ひょうかん》さを保っている定謙と比べれば、華奢《きゃしゃ》と言ってもいいだろう。

それでいて、漂わせる貫禄は尋常ではない。

「何を気取っておるのだ、鳥居っ」

気を呑まれながらも、定謙は負けじと問いかけた。

「うぬ、理不尽が過ぎるであろう！　何故に仁杉を御用鞭にしおったか！」

余りの大音声に、びりっと障子紙が震える。

それでも耀蔵は動じない。

読みかけの漢書に付箋を挟み、淡々と定謙に向き直る。

告げる口調も落ち着いていた。

「お口を慎みなされ、駿河守殿」

「うぬっ！」

「お静かに」

激昂《げっこう》する定謙に動じることなく、耀蔵は淡々と説き聞かせる。

「お忘れにござるか。そもそも仁杉の行状を疑い、折を見て罪を暴いてくれぬかと申されたのは貴殿にござるぞ。それがしが裏を取り、御用鞭にいたしたことの何がいけないと申されるのか？」

「む……」

定謙は答えに窮した。

たしかに、言われたとおりである。

御救米調達に不正の疑いが有る、首謀者は仁杉五郎左衛門と耀蔵の耳に入れたのは、他ならぬ定謙自身。

とはいえ、昨日今日の話ではない。

左遷続きで性根が腐り、南町奉行の筒井政憲を蹴落として後釜に座りたいものだと、邪悪な企みを抱いていた時分のことにすぎない。

あの頃の定謙は、どうかしていた。

悪党と分かっていても耀蔵と手を組み、その力を借りることで、何としてでも出世がしたかった。

だが、もはや事情が違う。

今や定謙は、南町の名奉行と呼ばれるまでになっていた。

かつては自分本位だった恥すべき姿勢を改め、己の出世よりも江戸市中の民の暮らしを守りたい。庶民に行き過ぎた倹約令を強制し、理想ばかりが先走る老中首座の水野忠邦に逆らいながら、日々の務めに励んでいるのだ。

悪しき政《まつりごと》に加担するなど、真《ま》っ平御免《ぴらごめん》である。

耀蔵はもちろん、同じ忠邦の懐刀として暗躍し、定謙をそそのかした勘定奉行の梶《かじ》野良材《のよしき》とも、できることなら手を切りたい。

しかし、耀蔵は一枚上手《うわて》だった。

「それがしは目付として、御用を果たすのみにござる」

「何……」

「いずれは貴殿にも責を問うことになります故、向後は拙宅へのお越しもご遠慮願いますぞ」

　それだけ告げて、席を立つ。

「ま、待て」

　定謙は追いすがろうとした。

　しかし、足が前に進まない。

　駆け付けた家士たちに、両腕を取られていたのだ。

「お引き取り願いますぞ」

「ご無礼をつかまつる」

　告げる口調には、先程までの遠慮は皆無。

　腕を引く強さも手加減なしだった。

「離さぬか、無礼者っ」

　定謙は声を荒らげた。

　対する家士たちに変化はない。

　暴力を振るわぬ代わりに、遠慮もしない。

　踏みとどまることは叶わなかった。

そのまま定謙は廊下を引きずられていく。

無様な姿を、物陰から三村右近が見つめていた。

だが、よく見れば別人である。

整った顔立ちも体付きも瓜二つでありながら、雰囲気が違う。

右近の漂わせる卑しさが、まったくない。

黒い瞳は澄み渡り、口元も凛々《りり》しく引き締まっている。

定謙を見送る視線は愁いを帯び、嘲《あざけ》る様子など皆無であった。

「……哀れなものだな」

つぶやくのに応じて、下卑《げび》た声が聞こえてきた。

「おい兄者、何を気取っておるのだ」

「……おぬしか」

振り向いたところに立っているのは、見紛《みまご》うことなき三村右近。半蔵との戦いで受けた傷の手当てを済ませ、血で濡れた着衣も新品に改めていた。

「大した怪我ではなかったらしいの。何よりであった」

「ふん、嫌味を申すでない」

兄の言葉に、右近は顔をしかめる。

「顔面に傷を負うたとなれば、治るまでは入れ替われぬ……双子ならではの手がしばらく使えぬのう、兄者」

「致し方あるまい。おぬしはしばらく養生いたせ」

「構わぬのか？」

「南町には明日から俺が出仕いたす。委細任せておくがいい」

「ははは、それは助かる」

右近はたちまち笑顔になった。

双子であることは、何かと都合がいい。

一方が危ないときは勘が働き、助けに来てもらえるからだ。

不出来な弟にとっては、とりわけ有難いことだった。

しかし、頼れる兄はいつも江戸に居るわけではない。

耀蔵は弟の右近を南町奉行所に潜り込ませる一方で、兄の左近には御府外での御用をしばしば命じていたが、先頃に帰参したばかりだった。

おかげで右近は命拾いをしたのである。

脱兎の如く走っただけで、半蔵から逃げ切ったのではない。十万坪まで猪牙で乗り付け、戦いを見守っていた左近のおかげで、速やかに岸から離れることができたのだ。

もしも江戸に戻るのが一日でも遅れていれば岸辺まで追いつめられ、あのまま討たれてしまっていただろう。

命の恩人と思えば、右近は兄には逆らえない。

今宵に限ったことではなかった。

人格はもとより剣の技量も、左近は弟の上を行く。

右近はこれまでにも幾度となく、窮地を救われてきたのだ。

「いつもすまぬのう、兄者」

「…………」

へらへら笑う弟に、左近は答えない。

先程の十万坪でも、本当は助けるつもりなどなかった。

半蔵に討たれる様を見届けて、そのまま引き上げるつもりだったのである。

右近の卑劣さに、かねてより左近は嫌気が差していた。

血を分けた弟と思えば、余計におぞましい。

雇われの剣客にも、武士の矜持《きょうじ》はあってしかるべきだろう。

だが、右近には何もなかった。

持って生まれた剣の才能に慢心し、誰彼構わずに斬ることしか考えない。道徳というものを学ぶ機を得られぬまま、二十七歳の今日を迎えてしまっていた。

不幸なことである。

早くに両親と死に別れた、唯一の肉親としては悔いが残る。

されど、教え導くのは難しい。

一言でも説教めいたことを口にすれば、右近はたちまち激昂するからだ。

左近も話にならないと思えば、まともに相手にしなくなる。

少年の頃から、そんなことの繰り返しだった。

それでも放ってはおけぬ以上、愚かな真似をしても尻拭いするしかない。

左近と右近は兄弟揃って耀蔵に雇われている。

世話になったあるじのためには、何であれ望みどおりに動かねばなるまい。

日頃からそう心がけている左近が何もせず、定謙が表に連れ出されていくのを黙って見ていたのは、理由あってのことだった。

右近に双子の兄がいるのを、定謙は知らない。

南町奉行でありながら、配下の同心の秘密に勘付いていないのだ。

敢《あ》えて事実を教えるべきではないだろう。

あるじの耀蔵にとって、定謙は今や敵だからである。

耀蔵の望みは、南町奉行の座に就くこと。

筒井政憲から矢部定謙、そして自分に、誰にも不自然と思わせることなく職が巡って来るように、裏で工作するのに余念がなかった。

三村兄弟は当初から、その計画に加わっていた。

傍目《はため》には瓜二つの双子であるのを活用し、適宜入れ替わりながら南町の奉行所の動向を探って耀蔵に知らせ、追い落とすための策を講じてきたのである。

去る六月二日の刃傷沙汰でも、右近は裏で一役買っていた。佐久間伝蔵が事件を起こした上で奉行所に籠城《ろうじょう》し、わざと騒ぎを大きくして耀蔵と定謙の黒い関係を公儀に訴えようとしたのを防ぐために、自害と見せかけて刺殺してのけた。

定謙は、裏にからくりがあることに気付いてはいなかった。

耀蔵が親切ごかしに送り込んだ人材ということで、どことなく、右近のことを警戒してはいる。それでいて未だに辞めさせずにいるのは、配下の与力と同心に大して腕の立つ者が居ないからだった。

宇野幸内が隠居し、仁杉五郎左衛門が投獄されてしまった以上、尚のこと右近を手放すわけにいくまい。

いなくなれば、たちまち南町は弱体化する。捕物が荒っぽく、事件がなければ怠《なま》け放題の困り者でも、黙って手元に置いておくしかない。

何も知らぬ定謙に、自分たちが双子であるのを知られてはまずい。

故に左近は姿を見られぬように、身を潜めていたのだ。

兄に倣《なら》い、右近も苦笑しながら首をすくめる。

廊下は程なく静かになった。

と、そこに一人の家士がやって来る。

「おぬしたち、殿がお呼びぞ。早う行け」

横柄な口調で告げると、家士は足早に立ち去っていく。

「腹立たしいのう、兄者」

「そう申すな……参るぞ」

苦笑する右近を窘《たしな》め、左近は先に立って歩き出す。

家士たちの態度が良くないのは、いつものことだった。

三村兄弟は、鳥居の家中で微妙な立場に置かれている。

以前に耀蔵が飼っていた本庄茂平次《ほんじょうもへいじ》の如く、邪魔者扱いをされているわけではない。右近も顔負けの卑劣漢で、売り物のはずの剣術も口ほど達者でなく、いいとこなしの茂平次と違って、剣の腕はそれぞれに秀でており、いざというときは間違いなく頼りになる存在だからだ。

にも拘わらず、二人はどこか煙たがられていた。

人格者の兄も卑劣漢の弟も、扱いに大した差はなかった。

要は、嫉妬《しっと》をされていたのである。

雇われ浪人は、正規の家来とも奉公人とも違う。

家中の面々から見れば、あくまで部外者だ。

それでいて高い報酬を得ており、あるじと距離が近いとは何事か。

自分たちこそ忠義を尽くしているのに、なぜ扱いが軽いのか。人斬りの手練がそんなに偉いのか——。

勝手に妄想され、嫌われるのは心外だった。

とはいえ、代わってやるとも言いたくない。

左近も右近も、剣の腕で生きてきた身。

真っ当な生き方ではないにせよ、矜持というものがある。

だが、そこは雇い主の評価次第。

「三村左近、参上つかまつった」

「同じく右近にござる」

「入れ……」

廊下から訪《おとな》いを入れた兄弟に、耀蔵は障子越しに告げる。

「失礼つかまつる」

すっと障子を開き、兄の左近は折り目正しく敷居際で一礼する。

一方、弟の右近は申し訳程度に軽く頭を下げたのみ。

兄弟の態度の違いを、耀蔵は意に介さなかった。

「近《ちこ》う」

「ははっ」

言葉少なに命じられ、左近はにじり寄っていく。

右近も、黙って後に続いた。

並んで座った兄弟を、耀蔵は無言で見返す。

と、おもむろに告げてきた。

「もはや笠井半蔵には太刀打ちできぬらしいの、右近……」

「な、何ですかい藪《やぶ》から棒に」

「その頬の傷、笠井にやられたのであろうが」

「ちょいと不覚を取っただけですよ、次は必ず！」

「黙り居れ。ならば、今すぐに挑んで参るか」

「は……」

「強がりを申すでないわ。向後は密偵役に徹しておれ」

言い訳しようとする弟を黙らせ、続いて兄を見やる。

「そのほうは笠井から目を離すでないぞ、左近」

「……斬らずともよろしいのですか」

左近が念を押したのは、いつもの習慣。

自分を措《お》いて他に、半蔵を倒せる者はいない。

かねてより、そう心に決めているのだ。

だが、耀蔵が口にしたのは思わぬ答えだった。

「その役目ならば、考えずともよい」

「……それはまた、何故に」

「そのほうに任せておいても埒《らち》が明かぬ故な、代わりの者に命じる」

「もしや、あの忍びくずれの連中でござるか？」

「知ったことではない。余計な真似はいたすな、考えるな」

「……承服いたしかねまする」

何を言われても、左近は引き下がろうとしなかった。

「笠井に引導を渡す役目は、どうか拙者にお申し付けくだされ」

しかし、耀蔵は受け付けない。

「無理をいたすでない。そのほうには荷が重かったのであろう」

「そんな、兄者なら勝てますよ！」

思わず右近が口を挟む。

「黙り居れ」

じろりと見返し、耀蔵は続けて左近に言った。

「そのほう、笠井に情が移ったな」

「左様なことはござらぬ」

「偽りを申すでない。そのほうの腕ならば、仕留める折は幾らでもあったはずぞ」

「………」

「話はこれまでだ。去れ」

淡々と話を締めくくり、耀蔵は兄弟を部屋から追い出した。

「駿河守め、うぬもこれまでぞ……」

独りごとを言っていても、口調は変わらない。

表情が無いのも常の如くだが、両の瞳は隠せぬ喜びに輝いていた。

五郎左衛門を投獄したのは半蔵たちが読んだとおり、定謙を失脚させるため。

管理不行き届きを理由にして南町奉行の座から追い落とし、自分が後釜に座るのが狙いだった。

耀蔵が次の奉行となることは、すでに内定している。

かねてより、忠邦との間で約束済みの人事であった。

定謙と忠邦は、もとより犬猿の仲。

長いこと南町奉行にしておく気など、最初から無かったのである。

左遷されてばかりいた定謙を一度は耀蔵が南町奉行に推挙し、前の奉行だった政憲を追い落とすのに手を貸したのは、露払いをさせるためでしかなかった。

左遷続きで腐っていた当時の定謙は酒食遊興に現《うつつ》を抜かし、盛り場で泥酔して喧嘩《けんか》騒ぎまで引き起こすほど行状がひどかったため、庶民たちの間で評判が甚《はなは》だ悪かった。

若い頃には華々しく、火付盗賊改の長官として活躍した印象が強かっただけに堕落したときの失望も大きかったと言えよう。

そんな定謙を花形の南町奉行にしてやれば、耀蔵はもとより忠邦にも感謝して止まず、命じられるがままに江戸市中での倹約令を徹底させるに違いない。

そうやって汚れ役を務めさせ、庶民から更に憎しみを買った折を見て、耀蔵が後任になればいい。

ところが、事は見込みどおりに運ばない。

忠邦と耀蔵の予想に反し、定謙は早々に市中の民の人気を得て、名奉行と呼ばれるまでになってしまったのだ。

北町奉行の遠山景元ともども倹約令に反対しているため、庶民たちからの支持も厚い。これでは耀蔵に出番が回ってこないし、諸国に発した倹約令が将軍のお膝元たる江戸で徹底されていないとなれば、忠邦も示しがつかない。

そこで耀蔵は忠邦の許しを得て、五郎左衛門を牢屋敷に放り込んだのだ。

配下の与力や同心が罪を犯せば、上役の奉行も無事では済むまい。

去る六月にも耀蔵は右近を使って、南町奉行所の内部で同心たちの殺し合いを仕組んだ。

一度ならず二度までも不祥事が起きたとなれば、定謙を管理不行き届きで失脚させるのも容易い。

耀蔵の野望が実現するのも、時間の問題であった。

六

いつの世にも、権力争いは上《うえ》つ方《かた》が勝手にやることだ。下々としては我関せずで居たいものだが、しわ寄せがくるのが耐えがたい。

定謙と耀蔵の抗争のとばっちりで、仁杉五郎左衛門は酷《ひど》い目に遭っていた。

収監されたのは揚り屋と呼ばれる、身分がそれほど高くない武士向けの独房。

雑居房の大牢や二間牢に比べれば幾分マシとはいえ、監視は厳しい。

小人目付衆が、獄舎にも目を光らせていたのだ。

牢屋敷の監視は、もとより彼らの職務に含まれている。

そのことは、かねて承知の上である。

しかし、五郎左衛門と接する態度は度が過ぎた。

「仁杉、おぬしは随分と人望があるらしいの」

投獄された初日の夜、若い小人目付が牢の前までやって来た。

「喜ぶがいい。おぬしに会いとうて、イキのいいのが二人も参ったぞ」

黙って見返す五郎左衛門に、にやにやしながら続けて告げる。

「笠井半蔵と高田俊平……存じ寄りであろう」

「……会わせていただけるのか」

「ははは、疾《と》うに退散させてやったわ」

「…………」

「鼻息の荒いあやつらも、ご老中の威光には逆らえぬらしい。ご書状の前に頭が上がらず、早々に引き下がりおったぞ。はははははは」

思い切り嘲笑《ちょうしょう》を浴びせて、小人目付は立ち去った。

以前であれば、斯《か》くも横柄には振る舞えなかったはずである。

与力と同心の行状を監察するのは、徒目付《かち》の務め。小人目付は徒目付より格が下であり、与力相手に偉そうにはできぬ立場だった。

だが、牢屋敷に拘置されたとなれば話は違う。

好き勝手に暴言を吐き、御牢外では立場が上の五郎左衛門を萎《な》えさせるのも意のままなのだ。耀蔵から殊更《ことさら》に命じられるまでもなく、嬉々《きき》としてやっているかのようだった。

ともあれ、黙って耐えるしかない。

そんな五郎左衛門を、更に酷い仕打ちが待っていた。

配られる食事の献立が、決められた量よりも明らかに少なかったのだ。

牢番が運んでくるのは小さな握り飯がひとつと、目玉が映るほど薄い、吸い物とも呼べない塩汁だけ。しかも、夜に一食のみという冷遇ぶりであった。

文句も言わずに胃の腑に納めたが、やはり足りない。

夜が更けるにつれて、腹がぐぅぐぅ鳴り出した。

(情けなき哉《かな》……儂《わし》も修行が足りぬのう)

浅葱色《あさぎいろ》の獄衣一枚で寒さに耐えつつ、五郎左衛門は胸の内でつぶやく。

初日から弱みを見せては話になるまい。

生きて無実を勝ち取るまでは、忍の一文字あるのみ。

そう己に説き聞かせ、眠りに落ちる名与力であった。

第二章　笠井半蔵を討て

一

江戸の夜が更けてゆく。

半蔵は独り、床の中でまんじりともせずにいた。

寝所に敷かれた布団は一組だけ。

佐和の姿は見当たらない。

十一月を迎えた江戸は、陽暦で十二月の半ば過ぎ。

冬の最中《さなか》であり、これから年の瀬にかけて、いよいよ寒さも厳しさを増す季節であった。

「………」


冷えた空気の漂う中で、半蔵は静かに息を継ぐ。

隣の部屋からは、佐和の安らかな寝息が聞こえてくる。

独り寝の布団の左脇には、刀が一振り。

過日に深川十万坪で振るった孫六兼元は研ぎに出され、持ち前の鋭い切れ味を取り戻して、黒塗りの鞘《さや》に納まっていた。

このところ半蔵は毎晩欠かさず、寝床に愛刀を持ち込んでいる。

以前と違って夫婦仲が良好な佐和との同衾《どうきん》を控えるのも、半蔵が寝ている部屋を通り抜けなければ先には行けない、奥の一室で愛妻を休ませるのも、すべては寝込みを襲われたときに備えてのことだった。

半蔵が想定する敵は、三村右近。

あの男の気性ならば、いずれ報復しに来るはずだ。

飼い主の鳥居耀蔵から改めて命じられるまでもなく、半蔵を血祭りに上げようとするに違いない――そう見越しての備えであった。

あれから投獄されたままの仁杉五郎左衛門のことも、忘れたわけではない。

宇野幸内からは焦るなと言われたものの、やはり気にかかる。

しかし、半蔵独りの力ではどうにもなるまい。

公儀の目付である耀蔵が御法の下に縄を掛け、牢屋敷送りにしたのを、一介の小旗本が咎《とが》めるわけにはいかないからだ。

ここは五郎左衛門の直属の上司である、矢部定謙に期するべきだろう。

不人情なようだが、今は右近のことで手一杯。

傷を負わせたのも、不安が募《つの》る一因だった。

手負いの獣ほど、恐ろしい相手はいない。

外出中はもちろん、在宅していても気は抜けなかった。

十万坪での決闘から、早くも半月余り。

目立った動きがないとはいえ、油断は禁物。相手は常識の通じぬ外道なのだ。

(やはり、あの場で何としても引導を渡すべきであった……)

今更ながら、後悔せずにいられない。

右近は執念深い上、何をしでかすのか予測しがたい危険な男。

佐和の美貌に目を付けて、半蔵が不在の隙に白昼堂々、この屋敷に入り込んだことさえある。蛇蝎の如き輩を討ち漏らし、野に放ってしまったのだ。

(好んで人は斬りとうないが、あやつは別だ……)

半蔵は寝返りを打ち、左横に視線を向けた。

すーっと大きく一息吸い、臍《へそ》の下に落とし込む心持ちで止める。

刹那《せつな》、上掛けの掻《か》い巻きが撥《は》ね退《の》けられた。

「む！」

左手を伸ばし、鞘ぐるみの刀を摑む。

鯉口《こいぐち》を握った左手で鞘を一杯に引き、右手の五指《ごし》で柄《つか》を絞り込む。

次の瞬間、三本杉の刃文が露わになった。

鋭い刃が、冷えきった部屋の空気をしゃっと裂く。

半蔵は跳ね起きざまに、すべてを一挙動で為《な》していた。

発した気合いが低かったのは、隣の部屋で寝ている佐和を起こさぬ気遣い。

もちろん敵が現れたら目を覚まさせなくてはならないが、稽古《けいこ》でいちいち眠りを妨げるのは心苦しい。

愛妻を気遣いながらも、抜き打つ勢いは真剣勝負さながらだった。

続く二の太刀も力強い。

間を置くことなく頭上に振りかぶり、がっと真っ向を斬り下げる。

敵が鎧《よろい》武者ならば袈裟《けさ》、すなわち斜めに斬らなくては刃が兜《かぶと》に当たって欠けてしまうが、人間の頭蓋骨は両断するのも不可能ではない。

半蔵の真っ向斬りには、そう思えるだけの刀勢《とうせい》が込められていた。

勢いのある斬撃は、刀が空中に描く弧も大きい。

柄ではなく、あくまで切っ先が先に下りてくるので、遠心力が最大限に乗っているのが分かる。

佐和を気遣って声を潜めた半蔵も、抜き付けと斬り付けは全力で為していた。

稽古といえども、欠かせぬ心がけである。

刀を遠慮して振るっていては、勝負になるまい。

立った状態で同じ真似をすれば切っ先が天井をかすめてしまうが、布団の上に座っていれば、身の丈が六尺に近い半蔵でも大事はない。

「………」

静かに息を吐きながら、半蔵は納刀する体勢に入った。

重ねの厚い刀身が、ゆっくりと黒鞘の内に戻っていく。

残心《ざんしん》と呼ばれる、対敵動作の締めくくりだ。

半蔵が刀を体の左横に置いていたのは、即座に抜刀するためであった。

座ったときにも言えることだが、右横にあれば敵に応じるのが遅れてしまう。

しかし左にあれば腰に取ってすぐ左手の親指で鯉口を切り、右手で柄を握って一挙動で抜き放つことができる。

半蔵は市谷柳町《いちがややなぎちょう》の試衛館に通って俊平らと竹刀《しない》で打ち合い、天然理心流に独特の太い木刀で素振りを繰り返して汗を流すだけではなく、本身の扱いを修練することも日々心がけていた。

何事も、敵を制するための備えである。

半蔵の修練は、しばし続いた。

鞘に納めた刀を置き、布団に仰向けになる。

再び跳ね起きざまに抜刀する。

勢いのある抜き付けと斬り付けを繰り返す。

そんな一連の動作を繰り返し、丹念に行っていた。

（来るならば、早《はよ》う来い……）

夜の静寂《しじま》の中、半蔵は闘志を燃やしていた。

右近を迎え撃ち、引導を渡す。

斬らねばならない。

そう決意した上で、刃引《はび》きに替えて真剣を手にしたのだ。

武士にとって、刀とはみだりに抜いていいものではない。

その用途は合戦場において手柄の証拠に敵の首を取ることであり、太平の世に在っては主君の命を受けての上意討ちや、不心得者に後れを取って殺された当主の汚名を雪《すす》ぎ、家名を存続させるための仇討ち、そして親しい者が罪に問われて腹を切らねばならなくなったときに、見苦しい真似をさせることなく、速やかに死なせてやるための介錯などに限られている。

共通して言えるのは、すべて主君に認められての行動であるという一点。

しかし実情では、大小の刀は武士の身分を示す標章と化して久しい。

半蔵にとっても同様だった。

武州の地で剣術修行に明け暮れる十代を過ごしていながら、笠井の家に婿入りしてから十年の間、刀を帯びるのは勘定所に出仕するときだけ。

錆びぬように手入れする以外には鞘を払うこともなかったが、今や違う。

去る二月以来、半蔵は否応なしに戦わねばならない立場に置かれていた。

なまじ剣の腕があるのが災いし、ずっと上《うえ》つ方《かた》に利用されてきた。

嫌な思い出である。

もはや悪事に加担するのは御免《ごめん》だった。

人を斬るのに喜びを覚え、嬉々《きき》として殺人剣を振るう右近とは違うのだ。

だが、あの男は刃引きで打ち倒すだけでは足りぬ。

生かしておけば、愛する妻の身に再び危険が及ぶ恐れがある。

闇討ちされた金井権兵衛の無念も、一日も早く晴らしてやりたい。

されど、こちらから手を出すのは難しい。

南町奉行所勤めの役人という肩書きによって、右近は護《まも》られている。

大江戸八百八町の治安を守る廻方同心は、もとより庶民の人気者だ。

中でも事件の捜査に専従する定廻は八丁堀の旦那と愛称で呼ばれ、小銀杏髷《こいちょうまげ》に巻羽織、御成先《おなりさき》御免の着流しに武士らしからぬ伝法な言葉遣いといった、数々の特徴も親しまれていた。

根っからの外道である右近も、見栄えはいい。

武骨者の半蔵と違って、身なりも立ち居振る舞いも洗練されており、男ぶりはなかなかのものである。

むろん、見た目だけ良くても評価はされない。

右近には見習い同心から廻方に抜擢されて早々に腕を振るい、江戸を跳梁《ちょうりょう》していた盗人や無頼の輩を懲らしめ、市中から締め出した実績が有る。

とはいえ内実を検証すれば、何ら褒められたことではなかった。

悪党どもは火盗改まがいの斬り捨て御免を繰り返す右近を恐れ、稼ぎ場を郊外の武州に求めただけの話。

おかげで甲州街道筋の治安が乱れたため、梶野良材から後の始末を命じられた半蔵は散々な目に遭《あ》い、命まで落としかけたものだった。

(あの折は難儀をいたした……)

だが右近を支持する庶民たちは、そんな事実など知りもしない。

恨《うら》み骨髄の半蔵がもしも往来で果たし合いなど挑めば、お旗本のくせにどうかしていると見なし、大挙して右近を庇《かば》うに違いなかった。

半蔵が迂闊《うかつ》な行動に出るのは、鳥居耀蔵にとっても都合がいい。耀蔵の配下の小人目付《こびとめつけ》や徒目付《かちめつけ》は、日頃から町奉行所に出入りしている。半蔵が怒りに任せて右近を襲えばすぐさま捕らえ、乱心者として罪に問い、御法の下に抹殺してしまえるのだ。

そんな網に引っかかってはなるまい。

表立って勝負をするのが難しいとなれば、裏で決着を付けるのみ。

しかし、右近は誘いをかけても乗ってこない。この半月余りの間に幾度となく文《ふみ》を送り付けてもなしのつぶてで、一通も返事を寄越さなかった。

以前であれば返り討ちにしてくれるわと即座にうそぶき、半蔵の指定した場所まで自信満々で足を運んできただろう。

十万坪に連れ出されたときも、思えばそんな態度を取っていた。

だが、今や右近は慎重そのもの。

明らかに、半蔵のことを避けている。

しかも、妙に行儀が良くなっていた。

以前は官舎である八丁堀の組屋敷に寄り付かず、独り身なのに掃除もしないで荒れるに任せ、夜は馴染みの岡場所に入り浸るのが常だったが、近頃は奉行所の勤めが終われば速やかに帰宅して家事にいそしみ、女遊びもしていない。政吉に頼んで聞き込みをしてもらったところ、近所の評判も上々らしい。

「あやつ、大した役者であったのだな……」

つぶやきながら、半蔵はぎりっと歯嚙みする。

腹立たしい限りだった。

右近は巧みに立ち回り、世間を味方につけることで、半蔵に付け入る隙を与えまいとしているのだ。本当はだらしないくせに、必要に迫られればいつでも行儀良く装えるのだ。

まったく、どこまで薄汚い奴なのか。

できることなら奉行所に乗り込んで引きずり出したいが、小人目付や徒目付が毎日さりげなく見張っている以上、そんな真似をすれば無事では済まない。

何よりも、定謙に迷惑がかかってしまう。

半蔵が怒りに任せて右近と事を構えれば、南町奉行の評判まで悪くなる。

ただでさえ五郎左衛門が牢屋敷に長らく留め置かれ、南町奉行所全体の信頼が揺らいでいるところに、悪い風評が新たに生じてしまってはまずい。

やはり奉行所にまで乗り込むわけにはいかないが、見廻り中に近付こうとしても無駄だった。

市中で商いをする人々は右近を頼りになると見なし、いざというときは味方になってくれると信じている。

故に盆暮れの贈り物を欠かさぬのはもちろんのこと、店に寄ってもらえば茶菓を振る舞い、帰り際には心付けのおひねりをそっと渡すのを忘れない。

武家においても、右近は重宝されていた。

とりわけ頼りにされたのは、大名屋敷である。

藩邸内で喧嘩《けんか》や盗み、不義密通といった事件が発生しても町奉行所は一切関与せず、判断は家中に委ねられるので、温情を交えた裁きが付けやすい。

手に負えぬのは、江戸勤番の藩士が町中で揉《も》め事を起こしたときだ。

江戸っ子は勤番侍を浅葱裏《あさぎうら》と呼んで小馬鹿にするため、盛り場や岡場所などで揉め事になりやすい。悪いのは喧嘩を売る町人たちだが、怒って怪我をさせれば武士といえども罪に問われる。

そうなれば、困るのは藩邸を預かる江戸家老や用人である。

家来の失態は主君の恥。表沙汰にはしたくない。

そんなときも定廻同心に相談すれば、難なく始末を付けてくれる。

豪商の馬鹿息子が痴話喧嘩で相手に怪我をさせたりしたときも同様で、上手く示談に持っていき、穏便に事を済ませるのが常だった。

三十俵二人扶持《ぶち》の軽輩にすぎない同心が名だたる大店《おおだな》に、さらには大名屋敷にまで出入りできるのは、そんな値打ちがあればこそ。

右近は自分の立場を活《い》かし、奉行所ばかりか見廻り先まで、半蔵から身を護るための盾にしているのだ。

(おのれ、いつまでも庇うてもらえると思うなよ……)

悔しまぎれに歯嚙みをしたところで、どうにもならない。

以前のままのだらしない右近であれば見廻り先の人々も眉を顰《ひそ》め、どうなろうと構いはしないだろう。

だが、近頃の右近は品行方正。

まるで中身が入れ替わったかの如く、勤勉で堅実な男になりつつある。

下手に勝負を挑めば、こちらが悪者にされてしまう。

倒したければ人知れず、それこそ闇討ちにするしかあるまいが、右近の行動はこのところ慎重さを増すばかり。人目に付かない十万坪に再び連れ出し、果たし合いに持ち込むなど、まず無理なことだろう。

かつての右近は何も恐れておらず、己の強さを過信して、半蔵をあからさまに甘く見ていた。

そんな態度が変わったのは半月余り前、決闘の場でのこと。

いつも刃引きしか持たない半蔵が本身を帯びて現れ、抜き打ちの一刀によって頬を切り裂かれたのが、慎重に行動し始めた一番の原因と見なしていい。

右近はたしかに外道だが、愚か者ではない。

知勇兼備の兄に及ばぬまでも、頭は働く。しかも専《もっぱ》ら悪知恵に長《た》けているので油断は禁物だった。

こちらも甘く見てはなるまい。

相手を軽んじ、勝てると思い込んで敗れ去るのは愚の骨頂。

ひとたび事を構えた以上、確実に倒すのみ。
(来るならば来い……)
士気を高めんとした刹那、ふっと意識が遠くなる。
急に眠気に襲われたのだ。
このところ、気が張りづめていた反動なのか。
ここで右近に襲われたら、まず太刀打ちできまい。
起きるのだ。眠るには、まだ早い。
佐和を護るためにも、気を緩めてはいけない——。
抗《あらが》いながらも、半蔵は目を閉じる。
夜が更けゆく中、ゆっくりと、深い眠りに誘い込まれていくのだった。

二

目が覚めたとき、すでに雨戸は開いていた。
「む……」

半蔵はゆるゆると体を起こす。

障子越しの朝日が、寝起きの目にまぶしい。

いつもの如く、穏やかな朝だった。

「待ち人来たらず、か……」

淡々とつぶやきつつ、半蔵は着替えを始めた。脱いだ寝間着をきちんと畳むと襦袢《じゅばん》に熨斗目《のしめ》の着物を重ねて、角帯を締める。

続いて床の間に歩み寄り、刀架《とうか》の前に膝《ひざ》を揃えて座る。

布団の脇に置いていたはずの刀は、いつの間にか戻されていた。

先に起床した佐和が、気を利かせて置いてくれたのだろう。

右近との一件を、半蔵は妻に明かしていなかった。

余計な心配をかけたくないと思ってのことである。

ともあれ、昨夜も異変はなかったらしい。

愛する妻さえ無事であってくれれば、それでいい。

半蔵は謹んで刀架に手を伸ばす。

刀を手にするときは立ったままではなく、一度膝を突くのが礼儀。たとえ自分の差料であっても、礼を尽くす心がけは欠かせない。

両手を伸ばし、半蔵が取ったのは脇差だった。

腰に三回巻かれた帯の一番内側に、すっと鐺《こじり》を通す。

後で刀を帯びるときに一枚隔て、鞘が擦れ合わぬようにするためだ。

就寝と入浴のとき以外は常に脇差を帯びて過ごし、在宅していても不測の事態に備えるのが武家の習い。

近頃の半蔵にとっては、尚のことである。

だが、右近の襲撃に対する備えは、またしても杞憂《きゆう》に終わった。

半蔵は安堵《あんど》する反面、どこか腹立たしい。

なぜ、昨夜も現れなかったのか。

飼い主の耀蔵からは邪魔者を討てと再三言われているに違いないし、そもそも右近の気性ならば、命じられる前に動き出すはず。

(あやつ、どこまで勝負を避ける所存なのか……)

半蔵は不快げに顔をゆがめる。

脇差の鍔《つば》に掛けた親指が、怒りに震える。

だが、立ち止まってはいられない。

勘定所の勤めも、手を抜くわけにいかなかった。

（いずれ黒白《こくびゃく》をつけてやる。覚悟せい）

決意も固く、半蔵は脇差を帯びた上に袖無しを羽織る。

衣桁《いこう》に掛けてある裃《かみしも》と半袴は、出仕する直前に着ければいい。

古びた袖無し羽織は外出用ではなく、家で寒さを凌《しの》ぐための一着。

義父《ちち》の笠井総右衛門《そうえもん》が屋敷を出るときに置いていってくれたのを、半蔵の体格に合わせて佐和が仕立て直したものである。

笠井家が神田駿河台《するがだい》に拝領している小さな屋敷は半蔵と佐和、住み込みの女中二人に、中間《ちゅうげん》と若党の六人暮らし。

先代の総右衛門は半蔵を婿に迎えると同時に屋敷を離れ、深川に構えた隠居所で老妻と二人きり、仲良く悠々自適の毎日を過ごしていた。

佐和の両親は入り婿が幕閣《ばっかく》同士の争いに巻き込まれ、抜き差しならない状況に置かれているのを、まだ知らずにいる。

のんびり余生を楽しむ義父と義母《はは》には、心配をかけたくない。

気付かれぬうちに、決着を付けたい。

何も知られぬまま、穏やかな暮らしに戻りたい。

気を取り直し、廊下《ろうか》に出る。

下駄を突っかけて庭へ降り、井戸端に立つ。

表を歩けば吹き付ける風は冷たく、肌もたちまち粟立つが、寒さが本番となるのは年が押し詰まってからのこと。今のうちはまだ過ごしやすい。

半蔵は歯の磨き砂と、房楊枝《ふさようじ》を持って来ていた。

以前は女中が盥《たらい》に水を汲み、わざわざ部屋まで運んでくれたものだが、余計な気を遣うには及ばぬと申し付けてあった。

大身のお殿様でもあるまいに、のんびりしてはいられない。

速やかに支度を済ませ、早々に出仕するつもりだった。

以前の如く、佐和から強いられての行動ではない。

入り婿として、為すべきことをやっていこう。

自分の意志で、そうしたいと思えてきたのだ。

笠井家は代々の勘定所勤め。

先祖から受け継がれてきた役目を、怠ってはなるまい。

まして、御役御免にされるなど以ての外だ。

半蔵の敵は、鳥居耀蔵の一党だけではない。

職場にも、こちらの存在を消し去りたい輩《やから》がいるのだ。

当主として、笠井の家を護りたい。

婿に来て十年目。ようやく半蔵は本気を出すに至っていた。

井戸端に歯磨きの道具を置くと、釣瓶《つるべ》を下ろしていく。

屋敷の井戸は、神田川とつながっている。地下に埋められた木製の樋《ひ》を通じて江戸城下にもたらされる上水は、江戸っ子の自慢のひとつであった。

汲み上げた水を盥に注ぎ、半蔵はざぶざぶ顔を洗った。

その背に向かって、縁側から呼びかける声が聞こえてきた。

「お前さま」

振り向くと佐和が三つ指を突き、うやうやしく頭を下げていた。

「お早うございまする」

「うむ。そなたこそ、毎日早いの」

「ほほほ、当たり前でございましょう」

うなずく半蔵に、佐和はにっこり微笑《ほほえ》み返す。

張りのある肌に薄化粧が映えていた。

軽く着物の裾をたくし上げ、佐和は庭に降りてくる。

「手ぬぐいをお忘れですよ、お前さま」

「かたじけない」

拡げてくれたのを受け取り、半蔵は濡れた顔を拭く。

「昨夜も眠りが深かったらしいな」

「お分かりになりましたか?」

「寝息が心地よさげであった……少々いびきもかいておったかな」

「まぁ、小憎らしいこと」

苦笑しながら、佐和は濡れた手ぬぐいを取り上げた。

「お前さま、ご飯の前におぐしを結いましょう」

「うむ」

二人は井戸端から離れ、部屋に戻る。

半蔵を縁側に座らせ、佐和はまず元結《もとゆい》に鋏《はさみ》を入れる。

夫の髪を結い、髭を剃る手付きはすっかり慣れたもの。

自身もきちんと黒髪に櫛を入れており、慎ましくも艶《あで》やかだった。

「いつもすまぬな、佐和」

「ふふ、何を仰せになられます」

労をねぎらう半蔵に微笑み返し、佐和は手際よく元結を締め直す。

「いかがですか、お前さま」

「うむ、よき加減だ」

鏡に映る顔を眺め、半蔵は目を細めた。

以前は力任せにぎゅうぎゅう締め上げ、半蔵はいつも両目が吊り上がり気味になっていたものだが、近頃は優しくしてくれる。

髭も丁寧《ていねい》にあたるので、剃り跡に血がにじむこともなかった。

ふつうは髪結いを呼ぶか女中任せにするものだが、佐和は何であれ、人任せにするのを好まぬ質《たち》である。

微禄ながら三河以来の旗本の家に生まれた誇りを持ち、親から受け継いだ屋敷の隅々に至るまで、目を光らせずにいられない。

家付き娘としての自覚が、そうさせているのである。

名のある家を受け継ぐ自覚を持てば、子どもは真っすぐ気丈に育つ。

佐和の場合、そんな自覚が並外れて強かった。

男顔負けに気が強く、口も達者。しかも怒るほど頭が回り、相手を打ちのめす言葉を的確に、かつ大量に浴びせてくるから、誰も手に負えない。

厄介《やっかい》な訴訟の手続きを代行し、勝訴へと導くのを生業《なりわい》とする公事師《くじし》といえども怒った佐和と言い合いになれば十中八九、まず勝ち目はあるまい。女人の扱いが軽い封建の世でなければ、今頃はひとかどの論客になっていただろう。

そんな佐和の婿となった半蔵はもちろん、男女の奉公人たちもつい先頃まで気の休まる暇がなく、いつも神経をとがらせていたものである。

ちなみに先頃まで半蔵の髪を結うたびに目を吊り上げ、顔を剃刀《かみそり》負けだらけにしていたのは、何も不器用だったからではなく、夫が御用に身が入らぬのを怒ってのことである。

夫婦仲が良くなった今も、能力の差は変わらない。

どちらが当主向きかと言えば、間違いなく佐和だった。

頭が切れる上に、度胸も満点。

笠井家代々の当主が得意としてきた算盤《そろばん》の扱いが達者なのはもちろん、算学の知識も豊かである。

おまけに旗本八万騎の家中において随一と評される、類《たぐ》い稀《まれ》な美貌の持ち主とくれば、揺るぎない自信を持つに至ったのも当たり前。

しかし、気丈すぎるほど気丈だった佐和も、近頃は変わりつつある。

年が明けたばかりの頃は半蔵が何を勧めても受け付けず、口やかましく文句を言うばかりだったが、このところ率先して手本を示すようになってきた。

半蔵だけに限らず、奉公人たちに対しても同様だった。

朝餉《あさげ》の支度ひとつ取っても、自ら台所に立つ労を厭《いと》わず、漬け物の糠床《ぬかどこ》をかき回すのも嫌がらない。

奥方がきびきびしていれば、奉公人の面々も怠《なま》けてはいられない。

二人の若い女中はもちろん、中間と若党も朝早くから働いていた。

「皆、ようやっておるな」

「はい。来年も暇を取らず、引き続き仕えてくれるそうです」

「それは重畳《ちょうじょう》……」

庭を掃く中間を見やり、半蔵は微笑む。

笠井家が公儀から拝領した屋敷は、それほど大きくはない。

庭と言ってもこぢんまりしており、池も築山もない。

神田駿河台は、日当たりも良好な高台の一等地。

界隈《かいわい》にあるのは、大名や大身旗本の邸宅ばかり。

代々の直参とはいえ百五十俵取りの小旗本《こっぱたもと》では、広い庭付きの屋敷に住むわけにはいかなかった。

だが、それでいいと半蔵は思う。

分を超えて生きる無理は、できるだけ慎みたいもの。

出世に固執する余り、体を壊してしまっては元も子もあるまい。

もっとも、半蔵の場合には違う無理をしているのだが——。

「少しお痩せになりましたか、お前さま」

心配そうに告げながら、佐和の手は半蔵の頰に触れた。

「お顔も心なしか細うなられましたぞ。何かお悩みでもございますのか？」

「うむ、このところ御用繁多である故な……」

半蔵はとっさにごまかした。

右近の襲撃に備え、毎晩用心しているとは明かせない。

そんな半蔵に、佐和が思わぬことを告げてきた。

「時にお前さま、南町の仁杉様は如何《いかが》なされたのですか」

「……何のことだ」

「御用鞭《ごようべん》にされたと、耳にいたしました」

「…………」

「先年の飢饉《ききん》の折、御救米の買い付けにかこつけて賄賂《まいない》を受け取られし咎で罪に問われたとか」

「…………」

「まことでありましょうか」

「何とも申せぬな」

半蔵は話をはぐらかそうとした。

それにしてもなぜ、佐和の口から五郎左衛門の名前が出るのか。

理由は問わず語りで明かされた。

「深川の父が、仁杉様のことを大層案じておられます」

「義父上が、か？」

「はい」

「勘定所勤めであられた義父上が、何故《なにゆえ》に町方の与力殿をご存じなのだ？」

「お若い頃に剣術の道場でご一緒され、親しゅうしておられたのです。私も幼い時分には人形などを、折に触れて頂戴しておりました」

「左様な仲であったのか……」

「お前さま、仁杉様をお助けできませぬのか」

「………」

思わぬ筋から頼まれてしまったものである。

だが、婿としては無視もできない。

何よりも、佐和からの真剣な頼みであった。

「相分かった。南のお奉行に会《お》うて参ろう」

「まことですか？」

「できる限りのことはいたそう。義父上には、左様にお伝えせよ」

「まぁ、父上も喜びましょうぞ」

佐和はパッと表情を輝かせる。

「ふ……」

釣られて半蔵も微笑んだ。

これからのことを思えば、実は笑ってなどいられない。

五郎左衛門の件に関われば、いよいよ鳥居一党を敵に回すこととなる。

しかし、物は考えようだ。

どのみち半蔵は右近に狙われる身なのである。

左近を別格とすれば、あの男より腕の立つ剣客は鳥居の下には居ない。以前に対決した本庄茂平次など、思い起こせば大した腕利きではなかった。

その茂平次も逃げ去って久しく、耀蔵が動かせるのは小人目付衆のみ。

以前は苦戦を強いられたこともあったが、今の半蔵の敵ではない。

ここはひとつ、腹を括《くく》るべきだろう。

「よしなにお頼みいたしますね、お前さま」
嬉々として半蔵の髪を結い終え、佐和は立ち上がる。
今朝の仕上がりは、常にも増して申し分なかった。
しかし、鏡に映る半蔵の顔は冴えない。
愛する妻のためであっても、キツいのは事実。
それでも、逃げたくはない。
（……惚れた弱みか）
小さく溜め息をひとつ吐《つ》き、腰を上げる半蔵だった。

三

幕府の下勘定所があるのは、大手御門を潜ってすぐ右手。
半蔵は今日も御用に励んでいた。
机の前に膝を揃え、算盤を弾く指の動きは迅速《じんそく》そのもの。
（笠井め、今日も励んでおるのう。よし、よし）

精勤する半蔵を上座から見守りつつ、初老の組頭が微笑んでいる。

半蔵は身の丈が高いため、座っていても他の者より目立ちやすい。

それが嫌で背中を小さく丸め、いつも出来るだけ目立たぬようにしていたのが近頃は堂々と振る舞い、何より働きぶりが見違えるようになってきた。仕事の遅さを小馬鹿にしていた同僚たちも今や気を抜いていられなくなり、負けじと毎日集中して算盤を弾いている。

パチパチパチ……。

パチパチパチ……。

用部屋に響く音が小気味いい。

半蔵ら平勘定衆を束ねる組頭にとっては喜ばしい限りであった。

（笠井も御役に就いて今年で十年か……。いつまでも算盤勘定ばかりさせておくわけには参るまいよ）

ずずっと茶を啜《すす》りながら、組頭は胸の内でつぶやく。

（折を見て、お奉行に推挙してやるといたすか。それにしてもお奉行、本日はお戻りが遅いの……お加減でも悪くしておられねば良いのだが……）

すでに昼の八つ半（午後三時）を過ぎていた。

勘定奉行は毎日二つの職場を行き来している。

まだ夜が明ける前の七つ半（午前五時）にまず出仕するのは、ここ大手御門内の下勘定所。決済待ちの書類に目を通し、組頭に指示を与えたりした後は、定刻の五つ半（午前九時）までに江戸城内の御殿勘定所へと移動する。

来年で七十の梶野良材にとっては、キツい毎日と言えよう。

しかも城中で執務していれば老中から呼び出され、公金の歳出入や天領の年貢高など、あれこれ質問責めにされるのもしばしばのはず。

時間どおりに戻れなかったとしても無理はあるまいし、組頭が案じるように日頃の無理が祟《たた》って、具合が悪くなったとしても不思議ではないだろう。

だが、実態は違った。

梶野良材は小うるさい老中たちが下城した後の八つ（午後二時）から、鳥居耀蔵と密談に及んでいたのである。

良材と耀蔵は、共に水野忠邦の懐刀として暗躍する立場であった。

耀蔵が南町奉行の座を欲し、矢部定謙を失脚させたいと望んでいるのも良材はもとより承知の上で、相手が悪党と分かっていながら協力している。

実直な組頭が思うほど、良材は立派な人物ではない。

勘定奉行の腐った本性を知っているのは、配下の中ではただ一人。影御用と称して悪事の手伝いをさせられ、そのうちに事実を知った笠井半蔵だけだった。


八つ半を過ぎた江戸城中で、良材は声を荒らげていた。

「いつになったら埒《らち》が明くのじゃ！　鳥居！」

「お声が大きゅうございまするぞ。落ち着いてくだされ、土佐守様」

焦りを隠せぬ良材に、耀蔵はやんわり告げる。

ここは目付の御用部屋。同僚たちは先に下城し、茶坊主たちも追い出したので盗み聞きをされる恐れは無かったが、良材の相手をすること自体が面倒臭い。

そんな本音をおくびにも出すことなく、耀蔵は淡々と良材に告げた。

「何もご案じになられますな。事はすべて、遅滞なく運んでおります」

「ううむ、そうは思えぬのだがな……」

良材は疑わしげに耀蔵を見返す。

「おぬしが南の与力を捕らえさせたことは、儂《わし》も耳にしておる。だが、あの仁杉五郎左衛門は清廉潔白で知られた男ぞ。市中の民の人気も高い……まことに罪に問えると思うておるのか？」

「左様に判じればこそ、縄を打たせたのでござる」

「それが迂闊だったのではないかと言うておるのだ！」

良材はまた声を荒らげた。

今度は耀蔵も宥《なだ》めようとしなかった。

無言のまま、じっと見返すのみ。

「な、何じゃ」

気圧《けお》されながらも、良材は続けて言った。

「儂はおぬしを案じておるのだ。仁杉がお咎めなしとなれば、事はおぬしら目付衆の失態ぞ。ご老中とて見逃してはくださるまい……さすれば南の奉行職を得るどころではあるまいぞ。ん？」

白々しい物言いだった。

良材が心配で仕方がないのは、己の立場。

手を組んでいる耀蔵がしくじれば、自分にも火の粉が降りかかる。

そんなことは真っ平御免なのだ。

かかる本音に気付かぬ耀蔵ではない。

それでも表情を変えずにいられるのは、もとより大した期待をしていなければこそだった。

「ま、ま。土佐守様」

「ふん……」

「どうかご機嫌を直してくだされ」

「仕方ないのう」

「されば、改めて申し上げまする」

やんわりと前置きし、耀蔵は一連の段取りを明かした。

まずは五郎左衛門を牢死させ、無実の罪を着せる。

その上で、定謙には管理不行き届きの咎を負わせる。

首尾よく失脚させたら、自分が後釜の南町奉行となる。

「いかがですかな、土佐守様」

「仁杉めの口を封じた上で、罪を問うと申すのか」

「はい」

「おいおい、馬鹿を申すな」

良材は呆れた声を上げた。

「目付のおぬしが分からぬのか。御牢内とて人の目があるのだぞ」

「仁杉が囚われし揚り屋に、同房の者は居りませぬ」

「石出《いしで》帯刀《たてわき》の配下どもは何とするのだ。同心に下男……他の牢に居る囚人どもの耳目《じもく》もあるのだぞ」

「そこは上手くやらせます故、ご安心を」

「まことか」

「はい」

「ふむ……」

良材は口をつぐんだ。

たしかに、耀蔵ならば不可能事ではあるまい。

無実の者を牢死に追い込み、死人に口なしなのをいいことに無実の罪を着せるのは、以前に蛮社の獄でも使った手口。

今度は南の名与力に対し、同じことをしようというのだ。

「相分かった。おぬしのお手並みを拝見するといたそうかの……」

うなずきながらも、良材はまだ不安を拭い去れぬ様子であった。

耀蔵の今後のことなど、本音を言えば他人事《ひとごと》。

失敗さえしなければ、それでいい。

出世を望むのは耀蔵の勝手。

こちらはこちらでやっていきたい。

働き盛りの耀蔵と違って、年が明ければ良材は七十。

いつまでも権力の座にしがみついていたいとは思わない。

齢《よわい》を重ねた身にとって、大事なのは余生である。

そんな良材が本当に心配なのは、半蔵がまたしても勝手な真似をし、自分まで配下の管理不行き届きを問われるのではないかという一点。

（ああ、困った）

以前に半蔵のお目付け役を命じていた、御庭番くずれの孫七《まごしち》はもういない。

あの若者も、半蔵と同じ穴の貉《むじな》だった。

裏切って右近に斬られたものの一命をとりとめ、怪我が治った後、いつの間にか姿を消してしまったのだ。

いつか役に立つだろうと与え続けた給金も、まったくの無駄金だった。

他に手駒がいない以上、半蔵を独力で抑えるのは難しい。

耀蔵に借りを作るのは気が進まぬが、何とかしてもらうしかあるまい。

「ご安堵なされ、土佐守様」

そんな良材の話を聞き終え、耀蔵は淡々と答えた。

「笠井半蔵の始末ならば、こちらで手を打ちまする」

「それは有難いが、手抜かりがあっては困るぞ」

「まだお疑いにございまするか」

「致し方あるまい。おぬしが下手をいたさば、儂は無事では済まぬのだ」

良材は白い眉をしかめた。

「右近に左近と申したか……あの双子の剣客を以てしても、未だに笠井を倒せぬとは、どういうことじゃ?」

「その儀につきましては、申し開きの仕様もございませぬ」

耀蔵は軽く頭を下げた。

しかし、そのまま詫びを続けたわけではない。

顔を上げたとき、小さな目がぎらりと光った。

「土佐守様にはまだ申し上げておりませなんだが、実は三村兄弟に代わる腕利きを雇い入れました。その者たちを使《こ》うて、速やかに始末を付けさせまする」

「左様か。まことに腕利きならば良いのだがのう……」

良材は不審そうな面持ちだった。

半蔵が腕を上げ、もはや右近では太刀打ちできなくなったのは承知の上。

しかも兄の左近は敵であるはずの半蔵に肩入れし、わざと討とうとせずにいるのではないか、という話も耳にしていた。

「新手《あらて》を雇うたのはいいが、そやつらは何者なのだ、鳥居」

「忍びあがりの者どもにござるよ」

「忍び？」

「落ちぶれて盗人の真似事をしておったのを、手を廻して引き取りましてな……腕は確かなものにございますれば、ご安心を」

「されど、忍びの心得ならば笠井にもあるのだぞ」

良材が危惧《きぐ》したのも無理はない。

半蔵の祖父に当たる村垣定行《さだゆき》は、腕利きの御庭番だった男。

そして良材自身も、かつて御庭番を務めていた。

忍術の腕前こそからっきしだったが、用心深く逃げ足も速いのを活かして巧妙に立ち回り、諸国を探索して諸大名の動向を探る御用を全うして認められ、出世を重ねた末に、勘定奉行にまでのし上がった。

そんな良材から見れば、村垣一族は切れ者揃《ぞろ》い。

先輩に当たる定行は言うに及ばず、孫たちも優秀であった。

たとえば半蔵の実の弟である村垣範正《のりまさ》は、将軍を外出時に警固《けいご》する小十人《こじゅうにん》組に登用されている。

剣の腕が立つだけでなく、忍びの者並みに勘働きが鋭くなくては務まらぬ御用をこなしているのは、やはり祖父の遺伝と言えよう。

半蔵も忍術一本に絞って修行させれば、ひとかどの御庭番になっていたはず。

はぐれ忍びなどぶつけたところで、本当に倒せるとは考えがたい。

良材の疑念を意に介さず、耀蔵は淡々と言った。

「多少の心得があると申せど、所詮は余技にござろう。本職の忍びに三人がかりで襲わせれば、笠井如きはひとたまりもありますまい」

「ふむ……」

そう言われても、良材の渋面は変わらない。

忍者のことを素人《しろうと》に語られて、些《いささ》か不快でもあった。

と、耀蔵は思わぬことを言い出した。

「そやつらの中には、くノ一も居りまする」

「成る程のう、女忍びか。それはいい」

良材はやっと安堵の笑みを浮かべた。

とはいえ、手放しに褒めたわけではない。

「よいか、鳥居」

釘を刺すように、良材は語りかけた。

「たしかに、笠井はおなごに弱い……されど、攻めどころをゆめゆめ見誤ってはなるまいぞ」

「何を申されたいのですか、土佐守様」

「まぁ、聞け」

良材は咳払いをした。

「笠井は情には脆《もろ》いが、身持ちは硬いぞ。そも、絶世の佳人を見慣れておるのを忘れてはなるまい」

「妻女のことにございまするな」

「左様……。恐れ多くも亡き大御所様から懸想《けそう》されたのを袖にしおった、笠井の佐和じゃ」

「ご安堵くだされ。そのことならば、もとより承知の上にござる」

表情の無い顔で耀蔵は言った。

他の者ならば苦笑するところだが、この男は滅多なことでは顔色を変えない。

「拙者《せっしゃ》はただ、くノ一が居ると申し上げただけのこと……何も、色仕掛けをさせようとは考えておりませぬ」

「ならば、何故に申したか」

「その者は七方出（変装）の名手にござれば、笠井の妻女に化けおおせ、油断を誘うのも容易《たやす》うござる」

「ははは、そうであったか」

良材はとっさに照れ笑いを浮かべて見せた。

敵を籠絡《ろうらく》するのに女忍びを使うのは、現役の御庭番だった頃の良材がしばしば用いた手段だった。

もしも半蔵が独り身ならば、早々に試していただろう。

だが、耀蔵は違うらしい。

汚い手を使うのも厭わぬ策士でありながら、妙な潔癖さを感じさせる。

思わぬ恥を曝《さら》した良材は、示しが付かなくなっていた。

ともあれ手駒が居ない以上、半蔵の始末は任せるしかない。

「しかと頼むぞ、鳥居」

割り切った良材は、白髪頭を深々と下げた。

使い勝手が良いだろうと甘く見て半蔵に影御用を命じたのが災いし、さんざん手を焼かされてきた日々も、ようやく終わると安堵していた。

四

まさか御城中で自分の始末を巡り、そんなやり取りをされているとは、半蔵は夢にも思っていなかった。

目下の課題は、怪しまれぬように早退することである。

「ううっ……」

半蔵の動きが鈍くなった八つ時、いつもと違って良材は下城していなかった。

「何としたのか、笠井？」

「は、腹具合が優れませぬ……」

よろめきながら廊下に出ていく背中を、組頭は心配そうに見送った。

今日に始まったことではない。

去る二月以来、半蔵は急に腹が下りがちになった。

それまでは腹痛など一度も訴えたことがなかったのに、算盤の扱いが上達したのと引き換えに、何かにつけて厠《かわや》へ駆け込んでは早退を申し出る。

いつも真に迫っており、仮病とも思えない。

程なく戻った半蔵は、見るからに顔色が悪かった。

「く、組頭様……」

「しっかりせい。医者を呼ぶか？」

「そ、それには及びませぬ……お、おかげさまで少し楽になり申した……」

「そうは見えぬぞ、ともあれ帰って養生せい」

「よ、よろしゅうございまするか」

「是非もあるまい」

「さ、さればお言葉に甘えさせていただきまする……」

半蔵はよろめきながら席に戻り、算盤と硯箱《すずりばこ》を片付ける。

同じ用部屋で働く平勘定衆は、みんな算盤を弾く手を止めて案じ顔。

程なく、半蔵は立ち上がった。

「ご同輩、相済まぬな」

詫びながら、ふらつく足を踏み締めて組頭の席に向かう。

「ま、まだ日も高《たこ》うございますが、お先に失礼させていただきまする……」

「大儀であった。ゆるりと休めよ」

「か、かたじけない……」

脂汗を浮かべながら、組頭に一礼する。

大きな体をよろめかせつつ、半蔵は億劫《おっくう》そうに廊下を渡っていく。

すべての仕事を、無責任に放り出してきたわけではない。

今日の御用はあらかた終わっていた。

やることをやった上で早退するのは、半蔵なりの真面目さの現れ。

真に迫った仮病が使えるのは、亡き祖父仕込みの忍術の応用であった。


大手御門を後にして、半蔵が向かった先は数寄屋橋の南町奉行所。

下勘定所から遠ざかったところで、頃や良しと背筋を伸ばす。

佐和からの頼みを、半蔵は前向きに受け止めていた。

半蔵自身が本気にならなくては始まらない。

そうして決意を固める一方で、些《いささ》か腹が立っていた。

（お奉行は何をしておられるのだ……）

仁杉五郎左衛門が投獄されて、すでに半月余り。

にも拘《かか》わらず、矢部定謙は何ひとつ手を打った様子が見られなかった。

このままで、いいのか。

扱いにくい配下であろうと、町奉行にとって与力は手足となって働いてくれる大事な存在。

救いの手を差し伸べずして、何とするのか。

まして五郎左衛門は、南町の逸材。

悪人ならば、誰も名与力とは認めまい。半蔵の身近なところにも、総右衛門のような支持者がいるのだ。

それほどの人物を、見殺しにしてはいけない。

とはいえ、正面から乗り込むわけにはいかなかった。

表で番をしている小者たちの目を盗み、半蔵は裏へと廻る。

奥は、南町奉行と家族たちの官舎となっている。

実の子がいない定謙は、妻と養子の三人暮らし。

奉公人の数もさほど多くなく、金井権兵衛亡き後の内与力衆には目端《めはし》の利く者はいなかった。

それを幸いに、半蔵は気配を殺して忍び込む。

亡き祖父仕込みの隠形《おんぎょう》ぶりは完璧だった。


「おぬし……笠井か？」

「お久しぶりにございまする、お奉行」

驚く定謙の前に膝を揃えた半蔵は、まずは折り目正しく頭を下げた。

いきなり文句を付けるほど、怒ってはいなかった。

ただ、五郎左衛門をいつまでも放っているのは感心しない。

挨拶《あいさつ》を済ませた後は、無礼を承知で是非を問うつもりであった。

と、定謙は思わぬ反応を示した。

「頼む、笠井っ！」

こちらが口を開くより早く、深々と頭を下げたのだ。

慌てて半蔵は平伏した。

目上の者が頭を下げている以上、このままでいるしかない。

人気のない廊下で向き合い、二人はしばしそのままでいた。

しかし、このままでは埒が明かない。

「……お奉行」

無礼を承知で半蔵は呼びかける。

それでも、まだ頭は下げたまま。

「……何じゃ」

答える定謙も、動かずにいる。

半蔵は続けて呼びかけた。

「どうかお顔を上げてくだされ。このままでは、お話もできませぬ故」

「そうか……そうだな」

ふっと定謙は苦笑した。

精悍《せいかん》な顔も、頬を緩めればたちまち人懐っこいものになる。

半蔵が敬愛する、ひとかどの人物と認めた男の笑顔だった。

奥の私室で、二人は改めて向き合った。

定謙の頼みとは、五郎左衛門の無実の証を集めること。

懇願する態度に、恥じている様子など有りはしなかった。

「おぬしだけが頼みの綱なのだ！　このとおりぞ！」

保身だけのために、なりふり構わず半蔵を頼ろうとしているわけではない。

定謙曰く、五年前の御救米調達の一件に対する鳥居耀蔵の追及は厳しく、捕縛されたのは仁杉五郎左衛門だけにとどまらなかったという。

五郎左衛門の配下として調達に関わった、筆頭同心の堀口六左衛門までが罪に問われ、牢屋敷送りにされてしまっていたのだ。

「…………」

半蔵はそれ以上、咎める気にはなれなかった。

耀蔵のやり方は、明らかに強引すぎる。

怪我人を投獄するのもひどいが、南町奉行所の内情をまるで配慮していない。

経験豊富な与力と同心が一度にいなくなれば、日々の御用に支障を来《きた》すのは目に見えている。

五郎左衛門の不在は、とりわけ深刻な問題であった。

年番方与力は、町奉行を支える存在。

このまま戻らなければ、奉行所の機能はがた落ちだ。頼む、笠井」

「仁杉だけでも何とか身柄を取り返したいのだ。お奉行？」

「拙者に何をせよとの仰せなのですか、お奉行？」

「無実の証を立てるため、力を貸してくれ」

「お役所内にはございませぬのか」

「例繰方《れいくりかた》に夜通し調べさせた。儂も手伝《てつと》うてな」

「それで、何も出て来なんだと？」

「なればこそ、おぬしに頼むと申しておるのだ」

と、定謙は重ねて頭を下げる。

「…………」

礼を返すのも思わず忘れ、半蔵は呆然《ぼうぜん》とするばかり。

公式な記録だけでは、五郎左衛門の無実を立証できないのだ。

これは難題と言わざるを得まい。

それでも、半蔵は断る気にはなれなかった。

「……お奉行」

半蔵は静かに呼びかける。

「どうかお顔を上げてくだされ。ご依頼の儀、謹んで承《うけたまわ》りまする」

告げる口調に迷いは無い。

今一度、定謙に肩入れしよう。

もはや決意は揺るがなかった。

五

かくして半蔵は、勘定所勤めの合間を縫って探索に着手した。

五郎左衛門が罪に問われた経緯《いきさつ》を、いちから調べ直そうというのである。

御救米の調達に不正などなかったと証明できれば、耀蔵が無実の罪を着せようとしても定謙は一蹴できる。

そのための材料を集めなくてはならないのだ。

(宇野のご隠居の手さえ借りられれば、話も早い……)

半蔵が宇野幸内を当てにしようと考えたのは、かねてより御救米調達の一件について調べを進めていると、俊平から聞いていたからである。

何とか力になってもらいたい。

定謙と張り合っていても、五郎左衛門を救いたいという目的は同じはず。

今回だけは手を組んでほしい。

そんな期待を抱き、半蔵は新大橋を渡り行く。

ちょうど幸内は庭の畑に立ち、鍬《くわ》を使っている最中だった。

「よぉ、お前さんかい」

「その節は馳走になり申した」

「なーに、どうってこたぁねぇや」

「精が出ますな、ご隠居」

「これも食ってくためさ。仕方ねぇやな」

「されど、蓄えがお有りでござろう」

「そこはそれ、別の使い道があるんでな」

と、幸内は顎《あご》をしゃくる。

視線の先では、若い女中が縁側に本を並べていた。

滝沢馬琴《たきざわばきん》を始めとする、幸内が愛蔵の読本《よみほん》だ。

呆れるほどに、量が多い。

見れば、庭先には蓆《むしろ》が山ほど用意されている。

一枚残らず拡げなくては、女中の後ろに積んである分まで並べきれまい。

「虫干しだよ。たまにやっとかねぇと、大事なおたからを穴だらけにされちまうんでな」

「はぁ……」

「何だいお前さん、そんなに驚いて」

「いや、まるで書肆《しょし》のようだな、と……」

「ははは、そりゃいいや。いっそ貸本屋でも開くとするかね」

苦笑しながら、幸内は鍬を振るう。

気を取り直し、半蔵は語りかけた。

「そのままで構わぬ。話をさせていただけぬか、ご隠居」

「話って、何だい」

「仁杉殿をお助けしたい。どうかお手を貸してくだされ」

「おやおや、稀有《けぶ》（奇妙）なことを言うじゃないか。お前さん、百五十俵取りといっても立派なお旗本だろう。どうして町方の与力を助けようってんだい？」

「……南のお奉行より、頼まれ申した」

「なーんだ、やっぱり矢部駿河守のお使いだったのかい」

と、幸内はおもむろに背を向ける。

方向を変えて、再び鍬を振るい始める。

さりげなく、話の腰を折ったのだ。

気付きながらも、半蔵は引き下がろうとはしなかった。

「ご隠居」

「見てのとおり忙しいんだよ。憐も手一杯でお構いできねぇし、すまねぇが今日のとこは帰ってくんな」

幸内は半蔵の来意を知ったとたん、手のひらを返した態度を取っていた。

定謙のことを、そこまで嫌い抜いているのである。

続く物言いも、とげとげしいこと極まりない。

「なぁお前さん、あんな野郎にまだ肩入れしようってぇのかい?」

「左様」

「へっ……」

幸内は相変わらず、背を向けたままで鍬を振るっている。

表情も見えないが、馬鹿にされているのはすぐ分かった。

ムッとしながらも、半蔵は態度を変えない。

「お頼み申す。お手を貸してくだされい」

折り目正しく問いかけて、答えを待つ。

しかし、返されたのはつれない一言だった。

「いい加減に目を覚ましなよ、半蔵さん」

「……何と申されるか、ご隠居」

怒りを抑えて、半蔵は言う。

対する幸内は、更に無礼になっていた。

「矢部駿河守なんぞに、助けてやる値打ちなんぞありゃしねぇよ。箸にも棒にも掛かりゃしねぇ、ただのくず野郎だぜ」

「言葉が過ぎるぞ、ご隠居」

　思わず半蔵は声を荒らげた。

　それでも、幸内は平気の平左《へいざ》。

「へっ、あんな奴に礼を尽くす義理はねぇよ」

　半蔵の顔も見ようとせず、さらりと告げる。

　背中を向けてはいても、一部の隙も見出せない。

　飄々《ひょうひょう》としていながらも、幸内は小野派一刀流の剣の手練《てだれ》。

　自分の上を行く実力の持ち主なのは、かねてより半蔵も承知していた。

「とにかくだ、俺ぁ仁杉を牢から出してやることしか頭にねーんだ。鳥居の野郎と同じ穴の貉《むじな》の矢部がどうなろうと、知ったこっちゃねぇや」

「お奉行と鳥居は、すでに関わりを持ってはおられぬ！」

「今はそうだとしても、昔やったことは取り返しがつくめぇ」

「何ですと？」

「知りたきゃ手前《てめえ》で調べてみな」

　それ以上は何も言わず、幸内は野良仕事に励むばかり。

「ご隠居……」

鍬を振るう音が、半蔵の耳に空しく響く。

もはや取りつく島もなかった。

なぜ、あそこまで定謙を嫌悪するのか。

訳が分からぬが、いずれにしても幸内を頼るわけにはいかなかった。

あの元与力が肩入れする相手は、親友の五郎左衛門のみ。

定謙のことは助けるどころか、敵としか見なしていない。

それがはっきりした以上、頼むだけ無駄である。

やむなく、半蔵は深川を後にした。

新大橋を逆に渡り、浜町河岸を経て向かった先は呉服橋《ごふくばし》。

冬の日は短い。

常の如く『笹《ささ》のや』は混んでいた。

半蔵が着いたとき、腰掛け代わりの空き樽はすでに満席。座り切れずに土間で立ち飲みする客の姿が、夜風に揺れる縄暖簾《なわのれん》の向こうに見え隠れしていた。

狭い店の中はすし詰めだったが、誰も苛立《いらだ》ってはいない。

ゆっくり腰を落ち着けたいのはみんな同じだが、とりあえず熱燗が一本あれば体は温まり、ささくれた気も安らぐ。

他ならぬ半蔵も、佐和の風当たりが強かった頃には日参し、お駒《こま》の笑顔と梅吉《うめきち》の料理に癒《いや》されていたものであった。

その頃は二人が盗っ人あがりなのも、定謙を親の仇と狙っていることも知りはしなかった。

あのまま何も知らずにいれば、他の客と変わらずくつろげていただろう。

だが半蔵は、お駒と梅吉の裏の顔を知ってしまった。

ただの客でいられなくなった代わりに、得たものも多い。こたびも手を貸してもらえそうなのは、この二人しかいなかった。

「あら旦那、いらっしゃい」

「うむ……」

お駒に目で合図をし、半蔵は二階に上がっていく。

勝手知ったる板敷きの部屋で、まずは火鉢の炭を熾《おこ》す。

ほのかに暖かくなった頃、階段のきしむ音が聞こえてきた。

「待たせて悪かったなぁサンピン。こいつぁ俺のおごりだぜ」

梅吉が、提げてきた鉄鍋を五徳に載せる。

程なく、小ぶりの鍋はふつふつと音を立て始めた。

「湯豆腐か……。冷える折には良きものだ」

「ただの湯豆腐じゃねぇのだぜ。あぶらげの刻みも入ってらぁな」

頬を綻《ほころ》ばせる半蔵に、にっと梅吉は微笑みかける。

続いてお駒が上がって来た。

「さぁ旦那、お熱いのをどうぞ」

階下の客たちが大人しくしているのは、半蔵が微禄ながらも旗本の当主と承知していればこそ。以前から店に通っていた馴染みだったということもあり、二階に陣取っても嫌な顔はされない。

とはいえ、長話をしていては申し訳ない。

半蔵は手短に、お駒と梅吉に事情を打ち明けた。

「ほんとなの、旦那?」

お駒は目を丸くした。

「仁杉の旦那が捕まったのは、矢部を辞めさせるための企みなのかい？」

「うむ。矢部駿河守様……おぬしの父上に確かめて参った」

「いいんだよ、その話は」

お駒はぷっと頬を膨らませる。

可憐な顔立ちをしているが、上方ではいっぱしの女賊として鳴らした身だ。

そんなお駒の母親は、矢部家に奉公していて定謙が手を付けた女中だった。

だが、今は過去の恨みを取沙汰している場合ではない。

「駿河守様は鳥居耀蔵と手を切った。それは間違いなきことぞ」

「そいつを先に言いなって、サンピン」

梅吉が口を尖《とが》らせた。

店では寡黙《かもく》な二枚目で通っているが、半蔵と話していると口数が多くなる。

「鳥居なんぞがまかり間違って南のお奉行になっちまったらよぉ、それこそ華のお江戸は真っ暗闇だ。何としても防がにゃなるめぇ……」

「手を貸してくれるか、おぬし」

「言うまでもねぇやな」

「あたしも承知だよ、旦那」

「かたじけない、おぬしたち」

「ちょいと、勘違いはしないでおくれよ」

お駒は憮然《ぶぜん》として言った。

「あたしはね、あいつが落ちぶれた姿なんか見たくないから手を貸すんだ。仏心なんぞ最初《はな》っからありゃしないよ」

「姐《あね》さんの言うとおりだぜ。妙な勘繰りはしねぇでくんな」

「相分かった。しかと頼むぞ」

言い訳するお駒と梅吉に、半蔵は笑顔でうなずき返す。

意趣返しをするつもりだったはずの二人がこのところ考えを改めたのは、定謙が江戸市中の治安を守ることに全力を挙げる、名奉行と認めたからだった。

市中の民のために頑張っている定謙が、真の悪党である耀蔵に失脚させられるのを傍観してはいられない。

お駒も梅吉も、思うところは半蔵と同じだった。

六

かくして三人は協力し合い、探索を進める運びとなった。

「どうするサンピン、さっそく今夜からおっ始《ぱじ》めるかい？」

店の縄暖簾を下ろす前に、梅吉が勢い込んで問うてくる。

半蔵は客のいなくなった二階に席を移し、空き樽に腰を下ろしていた。

「待て待て、急《せ》いては事を仕損じるぞ」

「善は急げとも言うだろうが？　こうしてる間にも仁杉の旦那がどんな目に遭わされてるか、分かったもんじゃねぇのだぜ」

「それは拙者も案じておる。近々に牢屋敷に面会をしに参ろう」

「だけどお前さん、宇野のご隠居から袖にされたんだろ？」

「北町の高田に付いてきてもらうつもりだ」

「甘いぜ、サンピン」

梅吉はぴしゃりと言った。

「高田さんは、ご隠居にゃ逆らえねぇよ。何しろお憐さんにべた惚れだからな」

「まことか？」

「いやだ、気が付いてなかったのかい」

洗い物を済ませてきたお駒が、呆れた様子で半蔵の顔を覗き込んだ。

「ったく旦那は野暮だねぇ。それでよく、あんな別嬪《べっぴん》の嫁さんが貰えたもんだ」

「佐和は嫁ではないぞ。笠井の家に婿入りしたのは拙者のほうだ……」

憮然と答えつつ、半蔵はおもむろに腰を上げた。

「おいおい、怒ったのかい」

「ちょいと軽口を叩いただけじゃないか、勘弁しとくれよ」

ぎょっとした二人に構わず、鞘ぐるみの刀を提げて歩み出る。

店の入り口に、男ぶりのいい同心が立っている。

「やっと会えたな、三村右近！」

鋭く告げつつ、半蔵は刀に手を掛けた。

と、浅黒い顔が強張《こわば》る。

「お、おぬしは……」

「弟ではないと気付いたか……さすがだの、笠井」

驚く半蔵を見返し、左近は薄く笑った。

耀蔵から見張るだけでいいと言われていながら、左近が敢《あ》えて姿を見せたのは理由あってのことだった。

「笠井、おぬしを狙《ねろ》うておる者がいるぞ」

「それは、貴公の弟ではないのか」

「さに非《あら》ず。忍びくずれの連中だ」

「忍びくずれ……？」

「あいつらのことじゃないのかい、旦那」

お駒が口を挟んできた。

「そうだぜ。あんとき俺らがサンピンと一緒にやり合った奴らはよ、間違いなく忍びだったぜ」

梅吉も確信している様子であった。

「……あやつらか」

半蔵が思い出したのは、過日に相まみえた三人衆。

金井権兵衛の許《もと》に駆け付けようとしたのを足止めした、憎むべき連中だった。

あの三人に邪魔されなければ、権兵衛は助けられた。

そう思えば、許せない。

「おのれ……」

「落ち着け、笠井」

憤りを隠せぬ半蔵に、左近は続けて言った。

「そやつらの名を教えておこう。頭《かしら》は金華《きんか》、仲間は白菊《しらぎく》に黒松《くろまつ》と申す」

「一人は女だったね、たしか」

「そやつが白菊だ。七方出に長《た》けておる故、奥方と入れ替わりおるやもしれぬ」

「まことか？」

「有り得ぬことではない。せいぜい気を付けることだ」

それだけ告げると、左近は踵《きびす》を返した。

去りゆく背中に迷いはない。

三人衆の戦力を明かしたのは、好敵手の半蔵を死なせたくない一念ゆえのことであった。

第三章　助ける値打ち

一

夜道を笠井半蔵が駆け抜けていく。

呉服橋の『笹のや』を飛び出し、向かうは神田の駿河台。

（無事で居《お》ってくれよ、佐和……）

何も愛妻を一人きりにしているわけではない。いつも二人の女中が側《そば》に付いていてくれるし、屋敷には中間《ちゅうげん》と若党も居る。

どの奉公人も武芸の心得など持ってはいないが、その点は大事なかった。

侵入者に腕ずくで立ち向かうばかりが、留守番の役目ではない。動揺せずに隣近所に助けを求めることさえできれば、それでいい。

かねてより半蔵は奉公人たちに知恵を授け、もしも自分が不在の折に怪しい者が現れたら、何を措《お》いても大声を上げるようにと教えてあった。

三村右近の襲来に備えてのことである。

あるじと鳥居耀蔵一党の因縁を知らない奉公人たちも、見知らぬ凶悪な剣客がいきなり乗り込んでくれば当然騒ぐ。

周囲で屋敷を構えているのが大名や大身旗本ばかりなのは、都合がいい。身分が高いほど、界隈《かいわい》の安全を自ら護《まも》ろうとする意識が強いからだ。近所の笠井家で何か異変が起きたと知れば放ってはおかず、腕利きの家来を大勢送り込んでくれるはずであるし、さすがの右近も退散せざるを得ないだろう。

だが、相手が忍びの者では始末が悪い。完全に気配を消し、どこにでも自在に入り込むことができるからだ。

もしも左近が知らせてくれなければ、半蔵も後れを取るところであった。

このところ右近の動向にばかり気を取られ、まさか耀蔵が忍びの者を差し向けてくるとは、思ってもいなかった。

左近曰く、弟の右近はあれから表に出ていないとのこと。兄の左近が身代わりになりすまし、南町奉行所にも毎日欠かさず出仕していたのだ。

道理で、別人の如く品行方正になったように見えたわけである。

『もはや弟ではおぬしに勝てぬ。ならば代わりにと思うたが、鳥居様が忍びの者どもに事をお命じになられてな……』

『それでお前さん、旦那に注進をしに来なすったのかい』

『左様。笠井を斬るのは拙者《せっしゃ》と思い定めておる故な』

口を挟んだお駒に、左近はそう言ったものだ。

半蔵は自分が倒す相手。

他の奴に横取りさせはしない。

そう思えばこそ、新たな敵の存在を、密かに知らせてくれたのだ。

『かたじけない、左近殿』

『我らは敵同士ぞ、礼には及ばぬ……』

左近はそう言って姿を消した。

耀蔵が忍びくずれの三人組に半蔵の始末を命じたのを明かし、くれぐれも用心するようにと念を押した上で、用事は済んだとばかりに去っていったのだ。

『どういう風の吹き回しだい。敵のはずの旦那に手の内を明かすなんてさ』

『こいつぁ罠《わな》かもしれねぇぜ』

お駒と梅吉が疑ったのも、無理はない。

半蔵は、これまでに三村兄弟と幾度も剣を交えている。

今でこそ弟の右近の上を行くようになったものの、以前は相手が強すぎて手も足も出なかった。

それでも佐和を、矢部定謙を、そしてお駒と梅吉を護るため、並外れた使い手である双子の剣客に果敢に立ち向かい、斬られそうになりながらも毎回命懸けで戦ってきたのだ。

それがなぜ、左近だけは信用できると言い切れるのか。

右近と左近は鳥居耀蔵に飼われる、所詮は同じ穴の貉《むじな》。

血を分けた実の兄弟で、しかも考え方を同じくすると言われる双子なのだ。

お駒と梅吉が疑いを抱き、半蔵の身を案じて、屋敷に戻ろうとするのを止めたのも当然だろう。

『幾ら忍びの者だからって、お大名や御大身の旗本連中の屋敷だらけの駿河台で無茶はできねぇだろうさ。それよりも、行く途中で待ち伏せられてバッサリってことになったら取り返しが付くめぇ。なぁ旦那、今夜のとこは様子を見たほうがいいんじゃねーのかい？』

『そうだよ旦那、あたしたちなら構わないから、ここで大人しくしてなって』

口々に止めたのは、半蔵を大事と想えばこそ。

好意を寄せてくれるのは有難い。

しかし、首肯するわけにはいかなかった。

『かたじけない。おぬしたちには、衷心《ちゅうしん》より礼を申す』

『だったら、行かないね？』

『……気持ちは有難いが、そうは参らぬ』

取りすがるお駒の手を、半蔵はそっと外して言った。

『おぬしたちは忘れておるぞ。忍びの隠形《おんぎょう》を以《もっ》てすれば誰にも気取《けど》られず、敵陣の奥深くまで入り込むも易《やす》きこと……まして、白菊なる女忍びは変わり身の名手と左近殿も言うておられたではないか。策を弄《ろう》され、佐和と奉公人たちの身に万が一のことがあってはならぬ。頼む、行かせてくれっ』

告げると同時に、ぐいっと梅吉を押し退《の》ける。

『旦那！』

『おい待てよ、サンピン！』

『さらばだ』

かくしてお駒と梅吉を振り切り、半蔵は店を飛び出したのだった。

とにかく今は、駿河台を目指すのみ。

夜更けの道は人通りが多い。

そろそろ夜四つ（午後十時）になるからである。

江戸市中では四つを過ぎると町境《まちざかい》の木戸が一斉に封鎖され、盗人や辻斬りなど不審な者が隣町に入り込むのを防ぐため、朝まで通行が制限される。刻限に間に合わないと木戸番にいちいち身分を明かし、行き先を告げなくては通してもらえないのが面倒なため、誰もが急ぎ足で帰宅するのが常だった。

半蔵の場合、御庭番あがりの祖父に鍛えられた敏捷《びんしょう》性を以てすれば、屋根から屋根に跳んで移動できるので、木戸が閉じられても不自由はしなかった。

しかし、それは忍びの姿に装いを改めればの話。

勘定所勤めの装束である裃《かみしも》と半袴を着けていては、身軽には動けない。

それでも同様に家路を辿《たど》る人々の中、足の速さはぬきん出ていた。

前から来た者とぶつかることはない。

肩を、そして刀の鞘をスッ、スッと引いて寸前でかわしながら、半蔵は機敏に歩を進めていた。

「うーい……なんだい、今の奴ぁ……」

肩先をかすめた感触に、ほろ酔い気分の男がゆるゆると振り返る。

連れの者が提灯《ちょうちん》をかざしてみても、すでに半蔵の姿はない。

「何だよ、人っ子ひとり居やしないぜ」

「そんなこたぁねぇだろう……たしかによぉ、誰かが俺っちの横をパーッとすり抜けて行きやがった……」

「気のせいだろ。だから、安酒をがぶ飲みするなって言ったんだい」

「酔っていたって間違いねぇよ……まさか、高尾《たかお》のお山の天狗かな」

「ははは、馬鹿馬鹿しい」

そんなやり取りも、遥か先を行く半蔵の耳に届いてはいなかった。

夜目が利くので、目を凝らせば提灯など持つには及ばない。

もとより鍛え抜かれた体だけに、数里を駆けたぐらいで苦しくなることも有りはしなかった。

にも拘《かか》わらず、心の臓の動悸《どうき》が激しい。

先程から早鐘を打つかの如く、呼吸は乱れるばかり。

(佐和……無事で居ってくれ……)

つくづく迂闊《うかつ》であったと、半蔵は猛省せずにはいられない。

耀蔵の手駒に忍びの者が新たに加わったことは、かねてより承知していた。

先だって南町奉行所に駆け付けようとしたときに行く手を阻まれ、お駒と梅吉と力を合わせて、撃退したときに知ったのだ。

剣客ばかり差し向けても埒《らち》が明かないことは、耀蔵もすでに気が付いていたのだろう。事実、あれほど強かった三村兄弟の弟——右近が本身を手にした半蔵に太刀打ちできず、完敗を喫したのだ。

あのとき、敵の頭数はこちらと同じだった。

一対三では、半蔵は分が悪い。

刀さばきはともかく、忍びの術の冴えに限っては敵が上を行っており、先日も返り討ちにするまでに至らなかった。

あの折に、何とか仕留めるべきだったのだ。

後日に襲ってくる可能性を考慮し、しかと対策を練るべきだったのだ。

右近の来襲ばかり想定し、夜毎に警戒していながら、半蔵はもっと厄介《やっかい》な三人組の存在を忘れていた。あれから引き続き耀蔵に雇われ続けており、再び挑んでくるとは、夢想だにしていなかった。

半蔵の習い覚えた忍術など、本物と比べれば児戯《じぎ》に等しい。まだ少年の身では難しいと見なしたのか、祖父の村垣定行が亡くなる前に仕込んでくれたのは専《もっぱ》ら体術で、精緻な技までは教わっていなかった。

まして、変わり身の術など未知の領域。

それでもお駒と梅吉に加勢を頼まず、独りで飛び出したのには理由がある。

佐和は誇り高い、三河以来の直参旗本の家付き娘。

曲者《くせもの》の女忍びにしてやられ、入れ替わられたと余人に知られたら、恥じて自害をしかねない。

たとえ相手がお駒でも、不覚を取った姿など見せたくはないだろう。親しい仲だけに尚のこと、覚える恥も大きいからだ。

ここは無二の夫たる、半蔵の手で助け出すより他にないのだ。

(待っておれよ、佐和。今すぐ参る故な……)

きっと顔を上げ、半蔵は夜道を疾駆《しっく》する。

湯島の森が見えてきた。

昌平坂《しょうへいざか》学問所を擁する森を抜ければ、神田明神。

笠井家の屋敷が建つ駿河台は、さらに坂道を上った先にある。

まだまだ気は抜けなかった。

「はぁ……はぁ……」

息を乱しながらも足を休めず、半蔵は無我夢中で走り続ける。

愛する妻を護りたい。

五体を動かす力の源は、その一念だけであった。

二

駆け通しに駆けて駿河台まで辿り着き、ついに屋敷の前に立ったとき、半蔵は完全に息を切らしていた。

「も……門を……開け……よ……」

「へーい、ただいま」

のんびり出てきた中間が冠木門《かぶきもん》を開け、息切れしたあるじを迎え入れる。

「お勤めご苦労様です」

玄関で頭を下げる若党にも、変わったところは見受けられない。

「お帰りなさいませ、殿様」

声を揃《そろ》えて挨拶《あいさつ》する女中たちも、常の如く明るかった。

「そなたたち……留守中に何もなかったか……？」

「はい」

「奥は？……ぶ、無事なのかっ……」

「つい先程、お湯から上がられたばかりにございまする」

「されば、寝所に居るのだな……？」

「は、はい」

矢継ぎ早に問いかけられ、二人の女中は戸惑いを隠せなかった。

構わずに、半蔵は急ぎ足で廊下《ろうか》を渡っていく。

奥の座敷には明かりが灯《とも》っていた。

障子越しの淡い光を目にして、半蔵はホッと安堵《あんど》の息を漏らす。

だが、まだ油断は禁物。

先に寝所へ入った佐和が、本物とは限らない。

（……そうか）

ふと半蔵は気が付いた。

奉公人が誰一人として騒がず、平然と過ごしているから、何事も起きていないと考えるのは早計だった。

すでに事は始まっており、彼ら彼女らが気付かずにいるだけではないか。

そう判じたとたん、寝所の明かりが怪しいものに見えてきた。

（おのれ、色仕掛けで俺を籠絡《ろうらく》する所存か……）

大いに有り得ることである。

奉公人たちに知られぬうちに忍び込み、変装した上で本物と入れ替わって待ち伏せれば、半蔵を仕留めるのは容易《たやす》い話。

夫婦だけの場所である寝所ならば尚のこと、引導を渡すには都合が良い。

（その手に乗って堪《たま》るものか、女狐め！）

胸の内で毒づきながら、半蔵はじりじりと廊下を渡っていく。

玄関に上がったときに脱した差料も、再び左腰に戻していた。

まさか佐和が待つ寝所へ向かいながら摺《す》り足を使い、いつでも刀を抜ける体勢を取ることになろうとは、夢想だにしていなかった。

寝込みを襲ってくるとばかり思っていた敵は、意外なやり方で半蔵の命を取りに来たのである。

すべてが杞憂《きゆう》であってくれれば、こんなに有難いことはない。

だが、敵は甘くなかった。

仕留めるために手段を選ばず、痛いところを突いてくる。

右近にも増して、厄介な敵であった。

「遅《おそ》うございましたのね、お前さまぁ」

障子を開けるなり、聞こえてきたのは色っぽい声。

「おぬし、まことに佐和か？」

「当たり前ですよう、何を仰せになられるんですか」

「………」

半蔵が耳を疑ったのも無理はない。

目に映ったのも、信じがたい光景だった。

休むときは奥の部屋に行くように申し付けてあるにも拘わらず、手前の座敷に布団が二組敷いてある。

その布団に腹這いになり、佐和は熱いまなざしをこちらに向けている。

髪は洗って鬢《びん》付《つ》け油を落とし、ゆるやかに束ねてある。

白い寝間着の襟を大きく拡げ、わざとらしく肩を覗かせていた。

（こやつ、偽者だな）

半蔵は即座に悟った。

誇り高い妻が、こんな真似をして夫を誘うはずがない。

言い付けに背《そむ》き、布団を並べて敷かせたのはまだいい。

同衾《どうきん》することが絶えてから、早くも半月余り。

夫婦仲が良好だったのが一転し、何の説明もなく寝所を別々にさせられたままでいれば寂しくなり、迫ってきても無理はあるまい。寝込みを襲われる危険があると明かさずにいたのが悪いのであるし、理由を知らない妻が独り寝に耐えかねて二つ枕にして帰りを待つぐらいは、可愛いものだ。

とはいえ、佐和の媚態《びたい》は露骨すぎる。

「ふふ、いつまで棒立ちになっておられるのです?」

そんなことを言いながら、ゆっくりと上体を起こしていく。

寝間着の襟元が更に拡がり、今にも胸元が覗きそうになる。婿入りして十年目の半蔵が、かつて目《ま》の当たりにしたことのない光景であった。

(ううむ、やはり偽者に相違ない……)

不覚にも視線を奪われながら、半蔵は改めて確信した。

つくづく、らしからぬ振る舞いである。佐和はあくまで慎ましやかな女人であり、半蔵以外の男と肌を合わせたことなどないはずだ。

（まさか、俺の知らぬところで……。いや、いや、そんなことは有り得ぬ）

半蔵の抱く疑念は、あらぬ方向に逸《そ》れかけた。

そんな葛藤《かっとう》をよそに、佐和は流し目で夫を見やる。

立ち上がる動きは機敏だった。

半蔵は思わず視線を逸らす。

しかし、誘惑とは目に映るものだけではない。

佐和が歩み寄って来るにつれて、甘い匂いが濃厚に鼻をくすぐる。

「じれっとうございますねぇ。早《はよ》うお召し替えをなされませ」

「…………」

「さぁ、まずはお腰のものを」

「う、うむ……」

湯上がりの体から漂う匂いにくらくらしながら、半蔵は脱刀した。

袖でくるむようにして、佐和は作法どおりに大小の二刀を受け取る。

床の間に運んでいくのを、半蔵は無言で見送る。

佐和はきちんと膝《ひざ》を突き、刀を上、脇差を下にして刀架《とうか》に置いた。

こちらに向けた背中からは、殺気など漂ってこない。

（急いて斬る気はない、ということか……）

ひとまず安心だが、油断は禁物。

忍びの者の体さばきを以てすれば、床から跳ね起きざまに刀を摑み、抜き放つぐらいは容易《たやす》いことだ。

半蔵の警戒さえ解けば、不意を突くことはいつでもできる。

そう思いながらも二刀を渡したのは、見破ったと気取られぬためだった。

丸腰にされてしまったことに不安はない。

要は、相手が刀を手にする前に倒せばいいのだ。

必要となれば、剣術使いは素手でも戦える。

防具を着けて竹刀《しない》で打ち合うばかりでなく、木刀や刃引きを用いての形稽古で相手と組み合い、重心を崩して倒す修練を積んでいる。半蔵が学んだ天然理心流においても『鍔《つば》の事』と称し、刀を奪おうとした敵に拳を浴びせるなどの荒技が伝承されていた。

目の前の佐和が偽者ならば、容赦《ようしゃ》はしない。

男顔負けに鍛え抜かれた女忍びといえども、前頭部を鉄拳で一撃されては正気のままではいられまい。

機を見て失神させ、正体を暴いてやる――。

二刀を置いた佐和が戻って来る。

「お待たせいたしました、お前さま」

「ん」

気を許したと見せかけて、半蔵は着衣を脱ぎ始めた。

怪しいところがあれば即、打ち倒すつもりである。

だが、夫の着替えを手伝う動きはいつもと同じ。

裃の皺を伸ばして衣桁《いこう》に架け、半袴も折り目を崩さぬようにして畳んでいく。

熨斗目《のしめ》の着物と長襦袢《ながじゅばん》も、急いて剝《は》ぎ取ろうとはしない。

まず角帯を解き、一枚ずつ丁寧《ていねい》に脱がせた上で、あらかじめ用意していた寝間着に装いを改めさせていく。

先程までとは違って、一挙一動が折り目正しい。

忍びの心得として身に付けているのかもしれないが、いつもの佐和と変わらぬ上品そのものの振る舞いであった。

（もしや、本物なのか……）

だとしても、素直には喜べそうにない。

媚態と折り目正しい所作を巧みに使い分けられると、男は心が揺らぐもの。

そんなやり方を、どうして佐和が知っているのか。

武家の妻は、市井の女房と違って世間ずれをしていない。

嫁ぐか婿を取るまで生娘のままで過ごすため、婚礼に際しては男女の交わりの方法が上品な文章と絵で解かれた書物が親から与えられ、恥じらいながらも学習するのが常である。

その点は佐和も例外ではなく、山ほどあった縁談を袖にして婿に取った半蔵の他に、これまで床を共にした男などいないはず。

まして、誘惑する術など知るはずがなかった。

にも拘わらず、先程からの立ち居振る舞いは、年季の入った遊女さながら。

もしも本物の妻がこんな真似をしているのなら、夫としては立つ瀬がない。

(う~む……)

寝間着をまといながら半蔵は表情を曇《くも》らせる。

胸の内の葛藤は、いよいよ募《つの》るばかり。

そんな素振りをよそに、佐和は寝間着の帯を締めに取りかかる。

さりげなく、胸の隆起を体に押し当ててくる。

いつもは弾みでそうなっても、すぐに自ら離れるのが常である。

半蔵の無能ぶりに怒るばかりで夫婦仲が険悪だった頃はともかく、仲睦まじくなってからもむやみに触れ合わぬのは、佐和の慎ましさ故のこと。日頃は品よく振る舞うように心がけ、床を共にしたとき以外は乱れない。

だが今は露骨に密着させ、こちらの反応を楽しんでいる。

男を手玉に取ることを、明らかに心得ている。

いつの間に、そんな術を覚えたのか。

本物であれば、最悪だ。

願わくば、偽者であってほしい——。

そんなことを思った刹那《せつな》、ふと半蔵は目を細めた。

「……そこに居《お》るのは、白菊か」

帯に結び目を作る佐和は、何も答えない。

代わりに動揺を示した者は、襖の陰に隠れていた。

襖はいつも佐和を寝かせている、次の間との境にある。

佐和を後ろ手に庇《かば》い、半蔵は鋭く告げた。

「出て参れ。さもなくば、こちらから斬りに参るぞ」

言い放つと同時に、だっと跳ぶ。

佐和の手を引き、二人して床の間の前に降り立つ。

刀を左腰に取る動きは機敏そのもの。

「お前さま……」

「大事ない。そのまま、拙者の後ろに隠れておるのだ」

正気を取り戻した様子の佐和に告げつつ、前に出る。

襖に向けた視線は鋭い。

更に目を細めた半蔵は一歩、前に出る。

同時に、びりっと襖が震えた。

身を潜めた敵が、体を動かした弾みではない。

半蔵が気合いで起こした現象であった。

この技は、亡き師匠の近藤三助方昌譲りの一手。

天然理心流の二代宗家だった方昌の如く、向き合った相手を昏倒《こんとう》させるほどの効き目がないにせよ、観念させるには十分なだけの迫力が込められていた。

「く!」

声が上がると同時に、襖が開く。

姿を見せたのは、野袴を穿《は》いた女。

まだ若い。

細身で背は高めだった。

鼻筋が通っているところは佐和と同じだが、目は小さめで、唇はやや厚い。

曲者の女忍者は、妻に化けおおせていたわけではなかった。

得意の変装術を駆使すれば、顔立ちは似せられるのだろう。

体型も着付けでごまかし、背の高さも床に横たわって夜着の下で身を縮め、何食わぬ顔で芝居をすれば、しばしの間は半蔵を欺《あざむ》くこともできたはず。

だが、白菊はそうはしなかった。

佐和に催眠の術を施して操る一方で自らは物陰に身を潜め、誘惑された半蔵に隙が生じるのを、じっと待ち受けていたのである。

「高みの見物を決め込んだのが仇となったな、おぬし……」

おびえる佐和を宥《なだ》め、半蔵は静かに告げる。

腹の底から煮えくり返っていたが、声は荒らげない。怒りで我を忘れることは隙となると承知していればこそだった。

隠れた敵を引きずり出したのに、反撃の機を与えてしまっては意味がない。

湧き上がる怒りを抑えながら、半蔵は続けて言った。

「七方出《しちほうで》が得意と聞いておったが、五情五欲《ごじょうごよく》の理《ことわり》まで心得おるとは、な……鳥居耀蔵も、良き手駒を得たものだ」

半蔵が口にしたのは、人の心を自在に操る忍術の名前。

喜怒哀楽と恐怖の感情を合わせて五情と呼び、食欲と色欲、出世欲、金銭欲と蒐集欲を指して五欲と称する。

白菊は神仏に非《あら》ざる身につきまとう情と欲を巧みに利用し、佐和を操って半蔵を骨抜きにさせた上で、じっくり仕留めようと企んだのである。

気高い妻が欲を露わにした姿など、見たくはなかった。

女忍びは、決して許せぬことをしでかしたのだ。

半蔵を怒らせた理由に、当の白菊はまだ察しが付いていなかった。

それよりも、気になるのは別のことらしい。

「あんた、どうしてあたしの名前を知っているんだい？」

「左様なことなど、言うに及ぶまい」

「まさか……三村左近かい」

「さて、知らぬな」

「とぼけるんじゃないよ、この野郎」

白菊は気が強かった。

半蔵にじりじり迫られながら、一歩も引こうとせずにいる。

並の男ならば、気圧《けお》されていただろう。

しかし、半蔵は微塵《みじん》も動じない。

「くだらぬことを問う前に、己が身を案じるがよかろう」

「な、何だってのさ」

「わが妻を、よくも愚弄《ぐろう》してくれたな」

「へっ、それがどうしたってのさ」

「黙り居れ。うぬが罪深さ、存分に思い知らせてくれようぞ……」

告げる口調は貫禄十分。

白菊と仲間の二人に追い込まれ、命を落としかけたときの危うさは、今や微塵も見当たらない。

半蔵は左腰に刀を取り、いつでも抜ける体勢を取っていた。

跳んで避けるには、もはや間合いが近すぎる。

白菊は半蔵に気圧され、知らぬ間に接近を許してしまったのだ。

「くっ……」

悔しげに呻《うめ》きながら、白菊は悟った。

この男、以前に相まみえたときとは違う。

戦う相手を殺すまいとして、刃引きを振るっていたのは過去のこと。

今はこちらを斬る気なのだ。

鞘《さや》を払って見せなくても、もはや刃引きなど帯びてはいないと察しが付く。

三村右近が返り討ちにされる一歩手前まで追いつめられたというのも、話半分のことではあるまい。

いつの間に、ここまで強さを増したのか。

動揺を隠せぬ白菊に向かって、半蔵はじりっと進み出る。

むろん、腹の底から怒っている。

それでも、まだ刀を抜き打とうとしない。

「ど、どうしたのさ。斬ろうってんなら、四の五の言わずにさっさと抜きな」

恐怖に負けじと、白菊は果敢に言い返す。

しかし、半蔵は鯉口《こいぐち》を切りはしなかった。

「……去れ」

「えっ?」

「妻の前で人は斬りとうない。おなごとなれば、尚のことだ」

「…………」

「何をしておる。早々に立ち去りて、二度と顔を見せるでないぞ」

「へっ、何をお言いだい」

女忍びは鼻白んだ。

「あんた、あたしを逃がしたら後悔するよ？」

「二度と来るなと申しておる」

「そんなのあたしの勝手だろ」

女忍びは不敵にうそぶく。

刹那、その眼が見開かれた。

半蔵が馬針《ばしん》を放ったのである。

鞘の櫃《ひつ》に納めていたのを、一挙動で抜き打ったのだ。

手裏剣は白菊の頰をかすめて飛び、背後の柱に突き刺さる。

「…………」

白菊は思わず息を吞む。

半蔵が見せた技は、素人芸ではない。

剣術と同様に修練を積んだ、本職の忍びさながらの腕前であった。

「次に同じ真似をいたさば、容赦はせぬぞ」

告げる口調は本気だった。

三

鳥居耀蔵に雇われた忍びくずれの三人組は、屋敷の庭の一隅に設けられた小屋で寝起きをしている。

白菊が戻った頃には、疾《と》うに丑《うし》三つ時（午前二時頃）を過ぎていた。

神田の駿河台から下谷の練塀小路まで、木戸番の目を避けて屋根伝いに逃げてきた顔には、疲労の色が濃い。

いつもの何倍も時がかかったのは落胆の度合いが激しく、体が思うように動かなければこそだった。

「はぁ……」

肩を落としたまま、白菊は小屋の板戸に手を掛ける。

先に寝ていた仲間の二人は、戸が開くより早く目を覚ました。

「無事だったかい、白菊」

いち早く語りかけたのは糸のように目が細い、人の好《よ》さげな中年男の黒松。

顔も体付きもずんぐりむっくりしているが、立ち上がる動きは機敏だった。

「その様子だとしくじったな。ま、気を落としなさんな」

慰《なぐさ》めながら、手を突くことなく跳ね起きる。木綿《もめん》の着流しの裾をはしょり、毛ずねと褌《ふんどし》をむき出しにしているが、身ごなしには隙がなかった。

一方の金華は横になったまま、視線だけを白菊に向けている。

こちらはまだ若く、雰囲気も凜々《りり》しい。

色こそ黒いが目鼻立ちは整っており、二枚目と呼んでも差し支えあるまい。

身の丈は半蔵と同様に六尺近く、細身で引き締まった長身に茶無地の筒袖と黒股引《ももひき》をまとっていた。

そんな二人を前にして、女忍びは自嘲《じちょう》気味にぼやいた。

「へっ、笠井半蔵にしてやられちまったよ……」

ぼやきながら柄杓《ひしゃく》を取り、土間に据えられた甕《かめ》から盥《たらい》に水を注ぐ。

入ってくるなり水を汲み、ざぶざぶ顔を洗い出したのは、仲間の男たちに悔し涙の跡を見せぬためだった。

そうやって装いながらも、やはり愚痴らずにはいられない。

「あー忌々《いまいま》しい、くそったれ！」

口調はもとより、汚れた水をぶちまける様も悔しさで一杯だった。

「落ち着けって、白菊」

黒松がやんわりと語りかけた。

「お前さんのこったから、どうせ調子に乗っちまったんだろう？　幾ら五情五欲の理が遣えるからって、男をあんまり舐《な》めるもんじゃないぜ」

「うるさいねぇ。おっさんは黙ってな」

「まぁまぁまぁ、腹が減っては何とやらだ……ほら、これでも食え」

罵倒《ばとう》されても意に介さず、黒松は小ぶりの皿を持ってくる。

出してきたのは味噌を塗り、こんがり焼いた握り飯。

「お屋敷の台所をちょいと借りて拵《こしら》えたんだ。少々焦がしちまったが、米も味噌もただで頂戴したもんだから、俺らの懐《ふところ》は痛んじゃいねぇぜ。へっへっへっ」

「へっ、男のくせにまたご飯拵えかい……。飯なんか表で食えばいいのに、毎日ちまちま倹約してさ、見ちゃいられないよ」

「塵《ちり》も積もれば山となる、だぜ。お前さんは、金遣いが荒いんだよ」

「気前がいいと言っておくれな。ったく、つくづくうるさいおっさんだねぇ」

毒づきながらも、白菊は美味そうに焼きむすびにかぶりつく。

その間に黒松は火鉢の前に行き、鉄瓶から湯冷ましを汲んでやる。

案の定、白菊はむすびを喉《のど》に詰まらせていた。

「ほれ」

「……あ、ありがと」

目を白黒させながら茶碗を受け取ると、白菊は一息に飲み干した。

食事が終わるのを見計らって、金華はおもむろに口を開いた。

「白菊」

「な、何さ」

「おぬしの術を、笠井半蔵は如何《いか》にして破ったのだ？」

「……どっちみち不首尾だったんだ。そんなこと、どうでもいいだろ」

「そうは参らぬ。あやつと奥方をどこまで踊らせ、いつ気取られたのか、子細を聞かせよ」

「……どうしても、言わなきゃいけないのかい？」

「しかと明かしてもらわねば、俺も黒松も次なる手が打てまい」

「……分かったよ」

白菊は溜め息を吐《つ》く。

観念すれば、自ずと腹は据わるもの。

恥を忍んで語る口調は、意外にも滑《なめ》らかだった。

「途中までは上手くいってたのさ。あたしが隠れてると気付かれたのは、奥方が着替えをさせてる最中だったよ。ずっとハァハァしてたのが、急に正気になりやがってさ」

「成る程、床入り前に看破されたか……。笠井半蔵、侮《あなど》れぬな」

納得した様子でうなずくと、金華は続けてつぶやいた。

「やはり、妙だな」

「何がさ、金華？」

「笠井半蔵に気取られたことよ」

「ふん、ぜんぶあたしの不覚だって言いたいんだろう?」

「いや、そんなことは思うておらぬ」

金華は真面目な顔で言った。

「あやつ、体《たい》のさばきはなかなかのものだが、勘働きは我らの域にまで及んではおらぬはずだ」

「そうでもないよ、お頭《かしら》。手裏剣の腕前も結構なものさ」

黒松が差し出した貝殻入りの軟膏を塗りつつ、白菊はつぶやく。昂《たかぶ》っていた気も落ち着いたのか、すっかり静かな口調であった。

「腐るには及ばぬ。忍びとしては格段におぬしが上だ」

「ほんとかい」

白菊は嬉しげに微笑《ほほえ》んだ。

対する金華は、真面目な表情を崩さない。

続けて疑義を呈する口調も、真剣そのものであった。

「故に解せぬのだ。祖父御が御庭番あがりと申せど、あやつ自身は忍びではない……男としても、木石《ぼくせき》には非ざる身のはずだ。それが何故《なにゆえ》、奥方が操られておると気付いたのか、どうしても分からぬ」

「そういえば、そうだねぇ」

白菊は首を傾《かし》げる。

たしかに、術を破られたのは信じがたいことである。

負け惜しみではない。

白菊には勝算があった。

物売りを装って駿河台の界隈で聞き込みをしたり、事前に屋敷に忍び込んだりして入念に調べを付けて、満を持して仕掛けた罠だったからだ。

半蔵と佐和は、日頃から夫婦仲が良好。

年明けの頃までは冷え切っていたのが二月の初午《はつうま》辺りから変わり始め、今では誰もが羨《うらや》むアツアツぶりだという。

そんな夫婦の仲の良さを逆手に取り、白菊は企みを実行に移したのだ。

愛しい妻が激しく求めてきたのを、拒む夫はいないはず。

まして半蔵はこの半月余りの間、なぜか佐和と寝所を別々にしていた。

白菊が何度も忍び込んでいることに気付いたからではなく、夜討ちを警戒しての備えだったらしい。刀を床に持ち込んで、横になった体勢から抜き打つ稽古を毎晩繰り返していたことからも、想定する敵は別の者だと察しは付く。

闘志十分な半蔵を暗殺しようとすれば、返り討ちにされかねない。

ならば五情五欲の理で愛妻を操って、甘い罠を仕掛ければいい。

虚を突かれた半蔵は、間違いなく引っかかることだろう――。

ここまで段階をきっちり踏んでおきながら、白菊は完敗してしまった。

気を落とし、混乱するのも無理はあるまい。

「ったく、訳が分かんないねぇ……あんな堅物《かたぶつ》、見たこともないよ」

白菊は頭を振った。

黒松も腕組みしたまま黙っている。

そんな二人に金華は告げる。

「愚痴ってばかりでは何事も始まらぬぞ。今一度、しかと考え直すのだ」

「…………」

「…………」

一同はしばし黙考する。

と、白菊が何か思い出した。

「……そういえば、笠井は女房が本物かどうか疑ってたよ」

「最初から、か？」

「うん」

白菊はこっくりとうなずく。

「度肝《どぎも》を抜かれちまってるくせに、しきりに探りを入れていたんだ。別人が女房に成りすましてるんじゃないかと疑って、どうにか証を得ようとしている感じだったよ」

「ふむ……それはますます妙なことだ」

金華は疑念を募らせていた。

「おぬしが七方出を得手としておるのを先刻ご承知なのは、我らが雇い主の鳥居様のみ。笠井が知っておるはずはない。にも拘わらず、あやつは最初から疑いを抱いておった。となれば……」

「鳥居のご家中に裏切り者がいるんじゃねぇですか、お頭」

黒松がぼそりと言った。

「そのとおりだ」

すかさず金華が答える。

「笠井は我らが乗り出したことはもとより、白菊の得意技まで承知しておったに相違ない……。何者かが入れ知恵せねば、為し得ぬことぞ」

「そうだったのかい、ふざけやがって……」

白菊がぎりっと奥歯を嚙み締める。

「まったくだ。その野郎を炙《あぶ》り出し、痛め付けてやらにゃ気が済まねぇ」

黒松も身を乗り出した。

「お頭、あんたはどいつだと思いますかい？」

「左様……まさか鳥居様が明かすはずはあるまいし、さすれば矢部駿河守か梶野土佐守……いや、用心深き鳥居様が、我らのことを迂闊には口外すまい」

「もしかしたら、あの双子かもしれないよ！」

勢い込んで白菊が言った。

しかし、金華と黒松は取り合わない。

「三村左近と右近が、か？」

「へっ、馬鹿も休み休み言うこった。俺たちが雇われるまで笠井と張り合ってたのは、あいつら兄弟なのだぜ。それが何で今さら、敵を助けるような真似をするんだい」

「そりゃ、弟の右近は違うだろうさ。人様をぶった斬ることしか頭にない、腐れ外道なんだから……だけど、兄貴のほうは違うだろう？」

「ううむ、有り得ぬことではない……」

金華が腕組みをして考え込む。

「たしかになぁ。どうかしていやがる弟とは違って、出来た奴だし……」

釣られて、黒松も思案をし始める。

小屋の表は、そろそろ明るくなりつつある。

白菊がねぐらに戻ってから、早くも一刻《いっとき》近く経っていた。

「……そうだ」

と、金華が何かを思い出した。

「昨日、三村左近を妙なところで見かけたぞ」

「どこでだい、お頭っ」

白菊がすかさず問う。

黒松も興味津々だった。

「呉服橋だ……北町奉行所に少々探りを入れよと鳥居様から命じられ、出向いた帰りに、たまたま通りかかったのだ」

二人の配下に両側から挟まれながら、金華は言った。

「過日に我らが笠井を仕留めるのを邪魔した、若い二人連れが居っただろう」

「あの生意気なちびすけどもかい？　忘れやしないよ！」

「落ち着きなって、今は左近のことを話しているのだぜ」

鼻息を荒くする白菊を黒松が宥《なだ》める。

金華に対し、意見をするのも忘れない。

「お頭も悪いですぜ。あのときの連中なんざ、何の関わりもねぇでしょうが？」

「それがあるのだ」

金華は真面目な顔で先を続ける。

「あの折のおなごはお駒、若造は梅吉と申すらしい……。あやつらは呉服橋で煮売屋を営んでおってな、その店に三村左近が入っていったのだ」

「そりゃ、腹が減れば飯ぐらい食うでしょうよ。俺らと違って、実入りもいいのだろうし……」

「たまたまであったと言いたいのか、黒松」

「そうじゃねぇんですか、お頭？」

「その店に笠井半蔵が出入りしておるとなれば、違うであろう」

「ほんとですかい」

黒松は細い目を丸くした。

白菊も唖然《あぜん》としている。

思わぬところで、線が一本につながったものである。

裏切り者があの男ならば、すべて合点《がてん》がいく。

かねてより、左近は半蔵のことを買っていた。

後から鳥居家に雇われた三人組は多くを知らぬが、家中の噂によると敵ながら値打ちがあると認めている節があるらしく、倒せたはずなのに取り逃がすことも一度ならずあったという。

まさか耀蔵に腕を認められた剣客が、そんな真似をするはずがない。

だが密かに呉服橋まで出向き、半蔵に味方しているお駒と梅吉が営む店と承知の上で入っていったとなれば、裏切りと見なすしかあるまい。

　このところ右近を休ませ、双子で瓜二つなのをいいことに、南町奉行所へ出仕していたのも、何か思うところがあっての行動なのか。

　ひとたび疑いの目を持てば、何もかもが怪しく思えてくる。

　しかもことごとく符丁が合うのだから、邪推や憶測では有り得まい。

「呆れた真似をするものだ……」

　確信した様子で、金華がつぶやく。

「まったく、ひでぇ野郎ですぜ」

　黒松も、今や異など唱えはしない。

「やってくれるじゃないか、忌々しい二本棒め！」

　白菊は息巻いた。

「笠井半蔵より先に片づけてやる！　覚悟おし！」

　激しい怒りは収まらない。

　思い知らせてやらなければ、気が済まなかった。

四

左近が弟に代わり、定廻同心の御用を勤めているのは好都合。

幾日も経たぬうちに、機は訪れた。

「あたし一人で引導を渡してやるからね、見てやがれってんだ……」

白菊がおしろいを分厚く塗り、化けたのは夜鷹。

夜の土手に立ち、春をひさぐ身になりすましたのは、町奉行所の取り締まりを受ける立場だからであった。

左近をおびき出して、一刺しで仕留めて見せる。

仲間の二人にそう約束し、白菊は柳原《やなぎわら》土手まで出向いた。

月番の南町奉行所が夜鷹の一斉検挙に乗り出すという情報を、あらかじめ得た上での行動だった。

神田川の河口に近い柳原は、昼間は露店の古着屋が多く出ていることで有名な場所だが、ひとたび日が暮れれば夜鷹の稼ぎ場に一変する。

どんな稼業にも仁義というものがあり、筋を通さぬ新参者は痛い目に遭《あ》わされるのが常だったが、白菊がそんなことを気にするはずもない。

「いいかいお前ら、あたしの邪魔ぁしやがったら承知しないからね！」

古株の夜鷹たちをボコボコにし、姉貴分がしてやられて震え上がった若い連中に睨《にら》みを利かせ、白菊は夜の土手に陣取った。

（さあ来い、二本棒め）

もとより、白菊は腕に覚えのある女。

色気で籠絡しなくても、真っ向勝負で倒せる自信がある。

しかし、左近は手強《てごわ》い相手。

勘働きも半蔵以上に鋭いのを、白菊は知らなかった。

「殺気が強すぎるぞ……それで客が引けると思うたか」

「えっ」

いつの間に、後ろを取られたのか。

ハッと振り向こうとした刹那、抜き打ちが襲い来る。

「く！」

辛うじてかわした白菊を、すかさず二の太刀が襲う。

顔を隠していた手ぬぐいが真っ二つに裂け、はらりと落ちる。

「やはり、おぬしか」

確信した様子で左近は言った。

最初から、召し捕る気など有りはしない。周りの夜鷹がおびえているのをまずは怪しみ、注視して正体を見抜いた上で、十手の代わりに刀を抜いたのだ。

他の同心と配下の小者は、捕物に夢中で気付かない。

混乱に紛れて仕留めるつもりだった白菊の企みは、裏目に出てしまった。

「好んで女は斬りとうないが、刃を向けられたとなれば是非もあるまい……」

じりっと一歩、左近は前に出る。

刀は再び鞘に納まっていた。

抜刀の術は、こけおどしの曲芸とは違う。足腰の力を乗せて抜き打つ刀身には手ぬぐいはもとより人体まで斬割《ざんかつ》する勢いが込められており、常にそのような心構えで行わなければならないとされている。

左近の抜き打ちは、むろん本格。

一度はかわした白菊も、体のさばきを読まれたからには後がない。
思わず悲鳴が漏れ出たのも、無理からぬことだった。
「ひ……」
対する左近は、一言も発さない。
じりじりと間合いを詰めながら、すーっと両手を挙げていく。
右手は、柄《つか》に。
左手は鯉口に。
刀に両の手が掛かったときには、間を置くことなく抜き放たれる。
もはやこれまでと思われた、その刹那。
前に出そうとした五体を、左近はおもむろに反転させた。
後ろに向き直ると同時に、鞘が急な角度で引き絞られる。
抜き打ちで弾き返した得物《えもの》は棒手裏剣。
続いて迫り来たのは、鋭い鉄の爪だった。
返す刀で左近は受け止め、激しく競り合う。
「黒松っ」

白菊が思わず声を上げる。

助けに入ったのは、手甲鉤《てっこうかぎ》を装着した黒松だけではない。

左近の背後から手裏剣を放ち、気を逸らしたのは金華。

黒松に続いて現れた金華は、忍び刀を提げていた。

町人の形《なり》をしていて得物を持っているのを役人から見咎《みとが》められぬように、蓆《むしろ》にくるんで持参した一振りだった。

黒松に加勢すべく、金華は左近の面前に躍り出る。

抜き放った刀身は一尺八寸。並の刀と比べれば短いものの、鐺《こじり》が鋭く尖《とが》った鞘も武器になるので不足はない。

手にした忍び刀を、しゃっと金華は前に突き出す。

黒松の手甲鉤と渡り合いつつ、左近は脇差を抜いて応じた。

ギーン。

金華の突きは、脾腹《ひばら》を貫く寸前で阻まれた。

左近は余裕を失ってはいない。

突きを避けずに抜き合わせたのは追いつめられてのことではなく、そうやって防いだほうが確実であったということ。

のみならず、左近は一言告げる余裕まで持ち合わせていた。

「その刀、剣呑《けんのん》な気を漂わせておるな」

「何っ……」

「早う手放すことだ。おぬし、いずれ妖気に呑まれるぞ」

「おのれ！」

金華は怒号を上げて斬りかかる。忍び刀は反《そ》りがなく、突くのに適した直刀であるのを、怒りの余りに忘れてしまっていた。

次の瞬間、左近は黒松を吹っ飛ばす。

手甲鉤を弾き返すと同時に、蹴りを浴びせたのだ。

「うわっ」

不覚を取った黒松を、左近は斬ろうとしなかった。

代わりに立ち向かった相手は金華。

カーン。

まずは斬り付けを受け流し、金華が振りかぶるより早く刃を打ち込む。

ギンッ！

重たい金属音と共に、忍び刀が両断された。

「馬鹿な……」

金華が思わず目を見開く。

常に冷静だったはずの男も、左近にかかっては形なし。

「これでいい……おぬし、少しは業《わざ》が落ちるであろうよ」

つぶやく左近は脇差を帯前の鞘に戻し、刀を両手で振るっていた。

右手だけで柄を握っていては、十全に威力を発揮できるものではない。

金華の妖刀を断ち切ったのは左の手の内を的確に利かせ、刀勢を加えることによって初めて可能となる一撃の為せる業だった。

納刀していく姿にも、隙はなかった。

残心《ざんしん》と呼ばれる所作は、斬り伏せた敵を悼むと同時に、次の攻めに備えた臨戦態勢でもある。足元に倒れた敵が瀕死《ひんし》のまま、あるいは死んだと見せかけて不意を突いて来たときも後れを取らず、確実に抜き合わせられるように、日頃の稽古においても心がけることが欠かせない。

「お、俺も斬らぬか、うぬっ」

静かに刀を納めていく左近に向かって、金華は吠える。

しかし、左近は再び抜こうとしない。

返して寄越す口調も、落ち着いたものだった。

「我らは同じあるじに養われし身だ。無駄な争いごとは止めようぞ」

「ならば、何故に笠井半蔵に肩入れするのだ！」

「別に合力《ごうりき》などしておらぬ」

「偽りを申すでない！　白菊が罠を仕掛けると告げ口したのであろう！」

「人聞きの悪いことを申すでない。拙者はただ、それなる女忍びが七方出を得手にしておると言うただけだ」

「何……たったそれだけを耳にして、妻女に五情五欲の理を掛けられたと看破しおったのか？」

「それが笠井の見どころよ。武骨なれど、変事に際して機転が利く。故にあやつは強うて、面白い」

「面白い……だと？」

「左様。なればこそ、あやつを生かしておきたいのだ。いずれ拙者が立ち合うて斬り伏せる、その日が来るまでは……な」

そこまで告げて、左近は踵《きびす》を返した。

誰も後を追おうとはしない。

総がかりでも左近は倒せぬと、はっきりしたからだ。

やむなく、金華は仲間たちに下知《げち》した。

「向後《こうご》は笠井に手を出すな。あやつに委細任せようぞ……」

去りゆく左近の背中を、忍びたちは無言で見送る。

あの男は稀代《きだい》の手練《てだれ》。

そんな左近が執着する半蔵に、手出しをしてはなるまい。

如何に始末を付けるつもりであれ、後は任せるより他になかった。

五

その頃、半蔵は悩んでいた。

白菊との暗闘から数日が経ち、己の未熟を泣いて恥じた佐和も、今や落ち着きを取り戻している。

左近に助けられたことには、感謝して止まない。

いずれ決着を付けなくてはなるまいが、それはそのときの話である。

悩ましいのは、佐和や左近の問題ではなかった。

仁杉五郎左衛門の無実の証を立てるため、御救米の一件の調べを進めるうちに疑問が次々生じてきたのだ。

（ううむ、まことに仁杉殿は潔白なのであろうか……）

お人好しの半蔵がそう思えてしまうほど、当時の行動は怪しかった。

五郎左衛門は、最初に御救米の調達を任せた米問屋の太郎兵衛《たろべえ》から賄賂《まいない》を再三受け取っていながら、役に立たぬと見なすや、早々に又兵衛《またべえ》という男の店に乗り換えていた。

いきなり賄賂の話が出たこと自体らしからぬことだったが、それにしても誠意を欠いた振る舞いである。

調べてみて分かったのは、それだけではない。

江戸に届いた御救米を市中で流通させる際、本材木町《ほんざいもくちょう》で米穀商を営む孫兵衛《まごべえ》らを価格操作に協力させたのを機に付き合いを深め、米問屋の株仲間に入れるように便宜を図ってやった見返りに、金品をたびたび受け取っていたのである。

あちこちから、賄賂を取りまくっていたのだ。

事実を知って失望したのは、半蔵だけではない。

商いの合間に調べを手伝ってくれた梅吉も、思うところは同じであった。

「あーあ、がっかりだぜぇ」

梅吉が不快そうに鼻を鳴らす。

「そりゃあ、役人には袖の下は付きもんだけどよ。名与力って呼ばれていなさる仁杉の旦那が、まさかここまでやるとはなぁ……」

ぼやきたくなるのも無理はない。

五郎左衛門はいい歳をして妾宅《しょうたく》を構え、そちらにも金を注ぎ込んでいた。

跡継ぎの男の子を得るためならば、やむを得まい。

だが、五郎左衛門にはすでに息子がいる。

亡き佐久間伝蔵から、話は聞かされていた。素行が悪く、伝蔵は五郎左衛門のために連れ戻しに行くこともあったという。

身を持ち崩したといっても、まだ立ち直れる範囲なのが救いだった。

今から妾《めかけ》に赤ん坊を生ませるよりは、少々出来が悪かろうと、道楽息子に更生を期したほうが遥かにマシだろう。

そうしてもらわねば、亡き伝蔵も浮かばれまい。

ともあれ、五郎左衛門には行いを改めてほしいものである。

家を継がせる子を作るためではなく、色欲を満たしたいがために若い女を囲うなど、立派な武士のすることではあるまい。

(それにしても、義父上に何と申し上げればいいのやら……)

半蔵は頭を抱えずにいられなかった。

義父の総右衛門は若い頃の剣術修行仲間だった五郎左衛門の無実を信じ、半蔵に力になってやれと佐和を通じて頼んできた。

だが、蓋を開けてみて分かったのは酷《ひど》い行いの数々。

とても真実は伝えられない。

「なぁ、そんなに落ち込むなって」

梅吉は半蔵を慰めた。

「物は考えようだぜ。仁杉の旦那は良くも悪くもお役人でしたって言えば、奥方のお義父上も腹ぁ立たないんじゃねぇのかい」

「そういうものだろうか」

「そういうもんさ。人間、諦めが肝心だぜ」

「左様か……」

たしかに梅吉の言うとおりで、役人の世界に賄賂は珍しくない。

しかし、余りにもやり方が露骨すぎる。

しかも、五郎左衛門は長らく聖人君子と見なされてきた人物。

非の打ちどころがないと周囲から思われる者ほど、いざ間違いを犯していると分かったときの衝撃は大きい。

そんな自明の理を、半蔵は今こそ実感せずにいられなかった。

一方のお駒は、手強い相手から横槍を入れられていた。

探索に出向いた先で、宇野幸内に行く手を阻まれたのである。

「いい加減にしておきな。お前さん、あんまり深入りをしちゃいけねぇよ」

「何だいご隠居、文句でもあるのかい？」

態度がとげとげしいのも、無理はない。

お駒は名うての女賊だった頃、梅吉ともども幸内に罪を見逃してもらったことがある。命の恩人として、未だに感謝していた。

とはいえ、今や幸内と半蔵は敵味方。

半蔵に肩入れする以上、恩人といえども良い顔など出来はしない。

「御用がなければ、どいてくださいな」

「へっ、相変わらず分かりやすいなぁ」

幸内は道を譲ることなく、薄く笑いながら告げてきた。

「お前さん、笠井半蔵に惚れてるな？」

「ば、馬鹿をお言いでないよ」

「へっ、ごまかしたって無駄なこったぜ。ちゃーんと顔に書いてあらぁな」

「くっ……」

「へっへっへっ」

「…………」

お駒は堪《たま》らずにしゃがみ込む。

思わず顔を拭く真似をしてしまう、己自身が情けなかった。

どのみち佐和に勝てはしないし、無理に奪ってやろうとも思わない。

密かに想っていられれば、構わないのだ。

それでも馬鹿にされると腹が立つし、情けなくなってくる。

されど、いつまでも恥じてはいられまい。

すっと立ち上がったとき、お駒は常にも増して強気になっていた。

「あー、そうですよう。あたしが男に惚れちゃいけないんですか？」

開き直った女は強い。

幸内を言い負かさんとする口調も、次第に熱を帯びていた。

「ご隠居こそ、仁杉の旦那を助けたいんなら本気を出しなよ」

「何だい、そりゃ」

「とぼけるんじゃない。あたしらで調べが付くことぐらい、とっくの疾《と》うに見当が付いているんだろう？」

お駒は続けて言い放った。

「あたしなんぞに構ってる暇があったら、又兵衛のとこにいた手代連中を探して連れて来るがいいよ。そいつらが不始末をしでかさなけりゃ、仁杉の旦那は袖の下なんぞ取らずに済んだはずなんだからさ」

お駒は折しも、米問屋の又兵衛の口を割らせてきたところだった。

粘った末に取ったのは、希望の持てる証言だった。

五郎左衛門は集めた賄賂から三百両もの大金を割き、又兵衛の手代たちが旅先で出した損失を穴埋めしてくれたという。

私欲を満たすだけのために賄賂を取っていたわけではないと知れたのは、素直に喜ばしいことだった。

「そう思うだろう、ご隠居？」

「まぁ、な」

「だったら、又兵衛に証人になってもらえばいいよ。あたしらじゃ連れ出せないけど、元は南の与力だったご隠居なら容易いことのはずだよ」

「生憎《あいにく》だが、そう簡単にゃいかねぇよ」

何を言っても、幸内は歯切れが悪い。

のみならず、お駒の知らない事実まで明かしてくれた。

かつて又兵衛の店に奉公しており、最初に御救米を調達するために米どころを巡った手代は全員、すでに口を封じられていると言い出したのだ。

「行き方知れずになったんじゃないのかい？」

「そいつぁ表向きのこった。どうにも裁きが付けられねぇんでお宮入りになっちまったが、実を明かせば去年の秋に、土左衛門《どざえもん》になって大川に浮かんだのよ」

「……そんなひどいこと、一体誰がやらせたんだい。やっぱり鳥居耀蔵が？」

「まぁ、半分はな」

「半分ってことは、他にも指図した奴がいるのかい？」

「そいつぁ知らぬが花ってもんさ」

「ここまで聞かせておいて、何をお言いだい」

キッとお駒は幸内を見返す。

何も半蔵に惚れているから、これまで手を貸してきたわけではない。

鳥居一党と張り合うのが、皆を護ることにつながると思えばこそだった。

お駒は江戸の生まれである。

上方で過ごした年月こそ長いものの、思い入れが強いのは華のお江戸。しかも亡き母の故郷とあれば馴染《なじ》むために精進するのは苦にならず、今や盗みと無縁の堅気になったばかりか、上方言葉も出なくなって久しい。その点は梅吉も同様であり、完全に足を洗うことができていた。

お駒と梅吉に限らず、暗い過去と決別し、江戸に居着いて生きていこうと努力をしている者は多い。

そんな地道な人々の暮らしを、鳥居耀蔵は圧迫しようと企んでいる。

水野忠邦の懐刀と呼ばれ、幕政を刷新すると言えば聞こえはいいが、庶民から金を吸い上げることしか考えていない老中首座の走狗《そうく》に徹しているのだ。

仁杉五郎左衛門は、耀蔵に比べればマシな役人である。

世間で思われているほど立派な人物ではなく、品行方正でもないとは分かったものの、民の暮らしを護るために励んできたのは事実。なればこそ南町の名与力と呼ばれてきたのであろうし、その点は幸内も承知のはずだ。

にも拘わらず、なぜ手を打とうとしないのか。

「教えてくださいよ！　ご隠居！」

「…………」

懸命に食い下がるお駒を、幸内は無言で見返す。

半蔵のことで軽口を叩いたときとは一変した、沈痛な面持ちである。

かくして明かされたのは、残酷な事実であった。

六

半蔵と梅吉が待つ『笹のや』に戻ったとき、お駒は真っ青な顔をしていた。

すでに夜は更け、満席の客も引き上げた後。

「どうしたのです、お駒さん」

板場から佐和が心配そうに呼びかける。

一同が探索に励んでいた間の商いは、半蔵から事情を聞かされた佐和が一手に引き受けてくれていた。

以前に行きがかりで手伝った経験が、今になって活きたのだ。

今宵も満席になり、客はみんな機嫌よく帰って行ったので実入りは上々。

にも拘わらず、お駒は何を案じているのか。

「大丈夫ですかい姐《あね》さん、顔色が悪いですぜ」

「何でもないよ……」

お駒は板場に入り、茶碗に酒を汲んできた。

「お水のほうがよろしいのではありませんか、お駒さん」

「いいんだよ。飲みたい気分なんだから……」

佐和を押し退け、ぐいと飲み干す。

とたんにお駒は激しく咳き込んだ。

佐和が慌てて駆け寄っていく。

「しっかりしなされ」

「すみません、奥方様……」

申し訳なさそうに答えながら、お駒は濡れた茶碗を置いた。

「何か口にしたほうがよいでしょう」

「お願いしてもいいんですか」

「構いませぬよ。何か温かいものを拵えましょう」

「ありがとうございます」

相変わらず顔色は悪かったが、佐和との受け答えはしっかりしてきた。

「すまなかったね、取り乱しちまって」

黙って見守る半蔵に向き直り、お駒は淡々と語り出した。

「実はね旦那、ちょいといい話を聞き込んだんですよ」

「ほんとですかい、姐さん」

ぱっと梅吉が表情を輝かせる。

「仁杉の旦那があちこちから袖の下を取りまくったのは、実を明かせば御救米を買い付けたときに出ちまった、米問屋の損を穴埋めしてやるためだったんだよ」

「それはまことか、お駒？」

「はい。当の米問屋に聞き込みをした上で、宇野のご隠居にも裏を取りました」

「成る程。ならば間違いあるまい」

半蔵は嬉しげにうなずいた。

こちらには冷たい幸内も、かねてよりお駒と梅吉には優しい。結果として役に立ってくれるのならば、何も文句はなかった。

「して、その損失とは如何なるものなのだ？」

「まあ……旦那は違うでしょうけど、男衆《おとこし》がしでかしがちなことですよ」

お駒も言いにくいはずだった。

たとえば又兵衛の手代たちは越後へ米を買い付けに赴《おもむ》いて羽目を外し、持参の公金を三百両も、道中の酒食遊興で散財してしまっていたという。

愚かな真似をしたものだが、もしも穴埋めしてもらえなければ公金の使い込みが発覚し、重い罪に問われていたに違いない。

五郎左衛門は私欲を満たすためではなく、人助けのために多額の賄賂を集めていたのである。

「さぁさぁ、お前さまと梅吉さんもご相伴なさいませ」

鉄鍋を提げ、板場から佐和が出てきた。

椀によそってくれたのは、熱々の雑炊。

おひつの底で固くなっていた冷や飯を出汁《だし》に入れ、お造りの切れ端や野菜くずを具にしてあるので、新しい材料には手を付けていない。魚の生臭さは濃い目に利かせた味噌と生姜《しょうが》、薬味の刻み葱《ねぎ》によって巧みに消されていた。

「うめぇ、うめぇ」

梅吉は盛大に舌鼓を打った。

いつも板場に立ちっぱなしの身にとって、他人の手料理を口にするのは嬉しいものである。

まして佐和が拵えてくれたとなれば、感動もひとしおであった。

「旦那はいっつも、こんなにうめぇもんを食ってるのかい？」

「そうは参らぬよ。武家にはしきたりというものがある故な……」

湯気の立つ椀を前にして、半蔵も顔をほころばせている。

そんな中、お駒だけは表情が冴えない。

「ありがとうございます、奥方さま」

謝意を述べて箸を取り、残さず平らげはしたものの、温かな夜食を心から楽しめてはいなかった。

そんな態度を取る真意に、男たちは気付かずにいる。

「ともあれお手柄であったぞ、お駒」

お代わりの雑炊を啜りながら、半蔵は笑顔で言った。

「その手代どもに証言させれば、仁杉殿の罪も軽くなるに違いない。役人の身で袖の下を取ったのは由々しきことだが、御上にも情けというものはある故な」

「そういうこったぜ旦那。南のお奉行にご注進と行こうじゃねぇか」

すかさず応じる梅吉に屈託はない。

南のお奉行こと矢部定謙を頼ることも、迷ってはいなかった。

かつて火付盗賊改として父親を手にかけた相手と思えば憎いが、町奉行として庶民のために力を尽くしてくれている以上、遺恨はしばらくお預けにしてやろうと心に決めていたからだ。

その点は、お駒も同じはずだった。

にも拘わらず、おもむろに口にしたのは思わぬ一言。

「……残念だけど、そう簡単にゃいかないよ」

「どういうことだ？」

「手代たちは一年も前に、みんな亡骸《おろく》にされちまったのさ」

「何……ど、どこの痴《し》れ者が、そんな真似をしおったのだ!?」

「やらせたのは鳥居耀蔵、それと矢部駿河守……あたしの父親だよ」

「まことか」

半蔵は絶句した。

梅吉も言葉を失っている。

佐和は黙ったまま、そっとお駒の背中に寄り添う。

無言の内に励まされ、お駒は続けて語った。

「……宇野のご隠居が言ってたよ。鳥居と矢部は、仁杉の旦那が袖の下を取っていなすった証を立てるために、手代たちを捕まえて厳しい責め問いにかけたのさ。大川に浮かんだ亡骸は、流木や棒っ杭にぶつかったのとは明らかに違う傷だらけだったそうだよ。命を奪った刀傷も……ね」

「なぜご隠居が、そんなことを知っておるのか」

「仁杉の旦那を御牢内に訪ねたときに、明かしてくれたそうだよ。前のお奉行を追い落とす手伝いをしろって駿河守に脅されて、動かぬ証拠まで突きつけられたんだってさ」

「証拠とは、何だ」

「何なんです、姐さん」

半蔵と梅吉は口々に問う。

返されたのは、さらに思いがけない一言だった。

「手代たちに白状させたことをまとめた、口書《くちがき》だよ」

「そんなものがあったのか」

「ああ。仁杉の旦那は間違いなく袖の下を取っていたって書かれていて、ご丁寧に手代全員の爪書まで捺《お》してあったんだってさ」

「そこまでやらせた上で、斬り捨てたのか?」

「ああ。鳥居と矢部が指図して動かぬ証拠を作らせ、用済みになったらバッサリ……まったく、むごい真似をしたもんだよ」

「………」

半蔵には思い当たる節があった。

定謙が南町奉行となった、去る四月のことである。

前任の奉行であった筒井政憲はこの人事を不服とし、宇野幸内らの協力の下で定謙の身柄を拘束し、着任の当日に遅参させようと試みた。

もしも間に合わなければ不心得者と見なされ、南町奉行の首をすげ替える話は御破算となる。そう見込んでの計画だったが、なぜか仁杉五郎左衛門はこの計画に進んで手を貸そうとしなかったのだ。

幸内ともども政憲を慕《した》う気持ちが強かったはずなのに、奇妙なことだ。

一応は裏で助勢をしたものの、あくまで黒子に徹していたのが気にかかる。

当時は定謙に味方し、幸内らと敵対していた半蔵だが、その折の五郎左衛門の振舞いは不可解な記憶として、ずっと頭の片隅に残っていた。

分かってみれば、何のことはない。

定謙は、五郎左衛門を脅していたのだ。

奉行が交代しても引き続き、不出来な息子を含めた家族を養うために与力職を続けなくてはならないのを見越して、自分にとって不利となる真似を慎むように釘を刺していたのである。

ために、五郎左衛門は定謙の拉致《らち》に進んで協力しなかったのだ。

計画が不首尾に終わる危険も考慮し、少しだけ手を貸しながらも、あくまで目立つまいと目論《もくろ》んだのだ。

あのときの行動にそんな背景があったとは、思いもかけぬことであった。

それにしても、許せないのは定謙だ。

これまで幾度も愛想を尽かしたものだが、こたびはさすがに呆れ果てた。

何よりも、お駒が気の毒でならない。

どんなに酷い真似をしようとも、あの男は実の父親なのだ――。

「あーあ……こんなことなら駿河守の奴を見直すんじゃなかったよ、旦那ぁ」

黙り込んだ半蔵の胸の内も知らずに、お駒は寂しく微笑み返す。

「ねぇねぇ、梅も奥方さまも、そんな顔をしないでおくれな。ご隠居に無理やり食い下がって聞き出した、こっちが悪いのさ……。できることなら、あたしと梅にはずっと伏せておきたかったって、ご隠居は終《しま》いに言っていたよ……」

もはや、佐和にもかけてやる言葉がない。

いたたまれずにお駒から離れ、半蔵の傍《かたわ》らに立ち尽くすばかりだった。

「やっぱり人でなしだったんだねぇ、矢部駿河守って男は……」

つぶやくお駒の表情は切ない限り。

ようやく仇討ちを思いとどまったというのに、定謙への更なる失望の念を露わにせずにおられなかった。

七

その夜、半蔵は南町奉行所に潜り込んだ。

久しぶりに忍び装束をまとい、屋根伝いに数寄屋橋御門まで赴いたのは、定謙と直に話すためであった。

このままでは、どうにもいたたまれない。

いずれにしても、かねてより頼まれていた、五郎左衛門について調べた結果は報告しなくてはならない。

委細を承知でありながら、わざわざ調べさせるとは人が悪い。

文句を言った上で、半蔵は定謙を問い詰めるつもりであった。

過去に非道な真似をしたのが事実であれば重々反省させ、お駒と梅吉の信頼を裏切ったことについても一言詫びさせなくては、気が済まない。

深夜の訪問に踏み切った理由は、もう一つある。

殺された手代たちが書いた口書は、どこにあるのか。

もしも現存しているのならば、処分させたい。

そんなものが表に出れば、五郎左衛門は間違いなく罪に問われる。

軽くて遠島、下手をすれば死罪であろう。ただでさえどうなるか分からぬのに裁きを早める無用の証など、あってはならない。

定謙に言いたいことはいろいろあるが、まず急ぐのは口書の処分。もしも所持していれば無理やりにでも取り上げ、その場で微塵切りにしてやる——。

かかる決意を抱いて、半蔵は数寄屋橋に赴いたのだ。

ところが、南町奉行所には思わぬ先客が訪れていた。

「む……？」

半蔵は慌てて立ち止まった。

門番の小者たちが気を失い、倒れていたのだ。

どの者も、しばらくは目を覚ましそうにない。

ともあれ半蔵は気配を殺し、奉行所の奥へと向かう。

もとより油断はしていない。

先客が賊であれば、一戦交えるのも辞さぬつもりだった。

ところが、定謙の寝所に入り込んでいたのは意外な人物。

「騒ぐなって言ってるだろうが、え？」

「ぐ……」

定謙は喉を締め上げられているらしい。

思わず助けに入ろうとした刹那、半蔵は思いとどまった。

（宇野のご隠居……か？）

聞き覚えのある声だった。

「このまんま引導を渡してやってもいいんだぜ」

半蔵が障子越しに耳を澄ませる中、幸内は脅し文句を並べ立てていた。

対する定謙は弱々しい。

顔は見えずとも、弱腰なのは明らかだった。

「わ、分かった。助けてくれ」

「その言葉、仁杉が一言だって口にしたかね？」

「………」

「与力も同心も裁くのは奉行に非ず。こたびもぜんぶ目付の鳥居がやったことだなんて吐《ぬ》かしやがったら、お前さんの首をへし折るぜ。いいのかい」

「よ、よせっ」

「やめてほしけりゃ、鳥居んとこの小人目付どもに殺《ばら》させた手代たちの口書を俺に寄越しな」

「く、口書とな」

「ぜんぶでっちあげなんだろうが、そんなくだらねえもんで仁杉の生き死にを決められちゃ堪らねーんでな……さぁ、とっとと出しなよ」

例の口書のことである。

定謙を締め上げながら幸内が語った内容は、お駒に明かしたのと同じだった。

一年前に発見された手代たちの水死体は、不自然な傷だらけ。

しかも、刀で刺されていた。

当時の検死の記録からも、すべて明らかなことだという。

「言い逃れなんぞできやしないぜ、駿河守さんよぉ」

うそぶく幸内は、すべて察しが付いているらしい。

「お前さん、前のお奉行にもその口書を突き付けて、御役御免にさせやがったんだろう」

「し、知らぬ」

「いい加減に白《しら》を切るのは止めときな。そのぐれぇ汚い真似をされなきゃ、あのお奉行が怒りで我を忘れて、人さらいの真似なんぞを俺らにやらせるはずがねぇ……俺としたことが、もっと早く気付いとくべきだったぜ」

幸内が指摘したのは去る四月、政憲が定謙を拘束して登城を阻み、役目を拝命できなくしようとした一件。

半蔵と同様、幸内もあの折のことを思い出していたのだ。

「実はな、俺は昼間に筒井伊賀守様……前のお奉行に会ってきたんだ。あんなに落ち着いたお人がなぜ、無茶をしなすったのかを確かめに、な……。そしたらお前さんに口書を突き付けられ、町奉行の職を辞せって脅されていたんだって明かしてくれたぜ。そんな真似をされたら、誰だって怒り心頭ってもんだろうさ……ったく、お前さんはとことん汚い野郎なんだなぁ」

半蔵は無言でうなずく。

幸内ならずとも、浴びせたくなる文句であった。

何とかしたい一念で、奉行所にまで忍び込んだ気持ちも分かる。

口書を証拠に陥れられたのならば逆に奪い取り、今度はこっちが脅しの材料に仕立て上げ、定謙を告発してやればいい。

南町奉行になりたいがために手代たちに自白を強要して痛め付け、都合のいい供述をさせたばかりか、用済みになれば口封じに殺害した。非道の極みではないかと書き連ねた訴状に、悪事の動かぬ証拠である口書を添えて、しかるべき筋に訴え出ればいいのだ。

現職の町奉行であろうと、罪に問われれば裁きを受けねばならない。目安箱《めやすばこ》に投じても水野忠邦に握り潰される恐れがあるとなれば、耀蔵以外の目付を選んで駆け込み訴えをし、評定所に取り上げてもらおう――。

恐らく、幸内の狙いはそういうことなのだろう。

半蔵が同じ立場であれば、左様に試みるに違いない。

それにしても、悩ましい状況だった。

定謙に味方するべきか、否か。

半蔵は、ここに来て決めかねていた。

一度はひとかどの男と見込んだ定謙を、できることなら咎人《とがにん》にはしたくない。

だが、幸内に一言も抗弁できぬとはどういうことか。

助けに入ろうとして寸前で思いとどまったのも、命乞いをする定謙の声が余りにも情けなかったからである。

敬愛していればこそ、面目を潰したくはない。

それに、定謙の本音を知りたくもあった。

むろん、幸内が命まで奪おうとしたときは止めねばなるまい。

半蔵が障子越しに耳を澄ませた。

問答はまだ続いている。

「動いたら喉首を掻《か》っ切るぜ。さあ、早いとこ口書を出してくんねぇ」

幸内は締め上げるだけではなく、刃物まで突き付けているらしい。

「早くしな」

「…………」

黙っていては危険である。

今の幸内は読本に現《うつつ》を抜かし、畑いじりを楽しむ楽隠居ではない。

かつて鬼仏と呼ばれた頃の「鬼」に戻り、悪しき輩《やから》と見なした定謙を迷うことなく痛め付けていた。

しばしの間を置いて、定謙が言った。

「……おぬしには、渡せぬ」

「まだ意地を張ろうってぇのかい」

「い、否っ」

一部始終を聞かれているとは気付かぬまま、定謙は命乞いをし続ける。

半蔵にしてみれば、情けない限りであった。

このままでは、定謙はこの場で引導を渡されるかもしれない。

どうにも腰が重かったが、それだけは止めてやりたい。

行いはどうあれ、お駒の父親なのだ。

(致し方あるまい)

半蔵は前に出ようとした。

と、その動きが止まる。

定謙が思わぬことを言い出したのだ。

「あの口書は、もはや在りはせぬ」

「どういうこった」

「儂《わし》が奉行となりし折に、処分してくれと鳥居に頼んだのじゃ。目の前にて焼き捨てさせた故、間違いはないっ」

「悪事の証をなきものにしちまったってわけかい。薄汚え……」

つぶやく幸内の口調は、やるせなさと殺気に満ちている。

ここで止めなければ、危ない。

しかし半蔵が飛び込む寸前、定謙は慌てて言った。

「そ、それは違うぞ」

続いて口にしたのは命乞いともまた違う、懸命な抗弁であった。

「儂の望みは南町の奉行職に就くことのみであった！　事が成就せし上は、伊賀守に遺恨など有りはせぬ。むろん、仁杉にもじゃっ。なればこそ向後は詮議無用と鳥居に伝え、余計な真似はせぬようにと言うておいた!!　にも拘わらず、あやつは仁杉を罪に問うたのだっ」

「声がでかいぜ……」

注意を与える幸内の言葉からは、すでに殺気が失《う》せていた。

「う、宇野」

「邪魔したな、お奉行さん」

半蔵はサッと縁の下に身を隠し、廊下に出てきた幸内をやりすごす。

肩を落として去るのを見届け、その場から離れていく。

定謙と話をする気は失せていた。

あちらにしても、情けない姿など見られたくないはずである。

幸内も半蔵も、忍び込んだのは完全に無駄足だったと言うしかない。

唯一の救いは、誰にとっても命取りにしかならない口書が、すでに焼却されていて、表に出る不安が失せたこと。

今宵の収穫と言えるのは、ただそれだけであった。

八

そんな一部始終を、右近は物陰から見届けていた。

兄の左近と再び入れ替わって早々に、宿直《とのい》を仰せつかっていたのだ。

いつまでも遊んでいるなと左近から説教され、面白くもない御用を渋々ながら勤めたことは、思いがけず吉と出た。

剣を取っては幸内はもとより半蔵にも勝てなくなった右近だが、一切の気配を断つ隠形の法は、二人の上を行っている。

（ふっ、おかげで思わぬ本音が聞けたわ）

手柄顔で奉行所を抜け出し、夜道を駆け抜ける右近の足は速い。

余さず盗み聞いた定謙と幸内のやり取りを、耀蔵に知らせに向かうのだ。

廻方同心の装いさえしていれば、夜四つ（午後十時）を過ぎた町境でいちいち足止めされることもない。

「八丁堀の旦那、ご苦労さんにございやす」

右近を通し、木戸番は送り拍子木を打つ。

これから木戸を通るのは不審者ではないと、知らせるための合図である。

悪の本性とは、なかなか見抜けぬものであった。


練塀小路の屋敷で、耀蔵は独り書見をしていた。

駆け付けた右近の報告が終わるまで、黙って耳を傾ける。

「左様であったか……大儀である」

淡々としながらも、どこか嬉しげである。

「宇野如きに屈するとは、駿河守もこれまでだの」

すべては耀蔵の読みどおりだった。

定謙の本音が知りたかったのは、こちらも同じ。

五郎左衛門を捕らえれば親友の幸内が懸命になり、そのうちに定謙を脅してでも何とかしようとするのは目に見えていた。

そんな耀蔵の予測に違《たが》わず、幸内はやって来た。

しかも半蔵まで姿を見せ、失望した面持ちで去っていったというではないか。

重ね重ね、好都合なことである。

「笠井にまで見放されたとなれば、誰も駿河守など助けまい。もはや、おぬしも手こずることはあるまいの」

「左様にございますな……お奉行」

「たわけ、そう呼ぶのはまだ早いわ」

思わず苦笑する耀蔵は、すでに忠邦から内示を得ていた。

来る十二月二十一日を以て定謙は罷免《ひめん》され、後任の南町奉行は耀蔵となることが決まっている。

半蔵たちの努力など、最初から報われるはずもなかったのである。

第四章　耀甲斐来《ようかいきた》る

一

十二月二十一日、任を解かれた矢部定謙は、妻子と家臣を連れて南町奉行所を後にした。

見送る与力と同心は、寂しさよりも不安を隠せずにいる。

新しい奉行のことは、すでに噂となっていた。

「……鳥居様は、甲斐守《かいのかみ》の官名を冠されるそうじゃ」

「……蝮《まむし》の耀蔵が転じて耀甲斐か。くわばら、くわばら」

「……しっ、声が大きいぞ」

廊下《ろうか》に並んで送り出しながら、与力たちは声を低めて語り合う。

誰もが戦々恐々だった。

鳥居耀蔵が追って着任することを、一人として喜んではいない。

江戸市中の司法と行政、防災の長である町奉行は将軍のお膝元たる八百八町の治安を維持し、風紀を粛正するのが至上の使命。

しかし現場で働く与力と同心にしてみれば、幕府の利益ばかりを優先する奉行の下に就くのは避けたい。厳しすぎる方針を打ち出されても反対できず、命じられるがままに使役《しえき》される立場だからだ。

その点、矢部定謙は申し分のない上役だった。

華のお江戸で人気の名奉行といえば北町の遠山景元だが、南町の定謙も負けてはいない。去る四月の末に着任した当初こそ功を焦りすぎ、新参者の三村右近を廻方同心に抜擢して悪党狩りをさせたのが裏目に出てしまったが、およそ八か月の在任中にやったことは、失策ばかりだったわけではない。

定謙は老中首座の水野忠邦が主張した歌舞伎の芝居小屋の移転に景元ともども反対し、盛り場の見世物や大道芸、寄席といった庶民の娯楽を必要以上に厳しく取り締まることを命じられても従わず、江戸の日常を味気ない、無味乾燥なものにしようと目論《もくろ》む上つ方の方針に、一貫して逆らい続けてきた。

質素倹約を美徳とし、幕政改革の根幹に据えている忠邦にしてみれば、庶民に肩入れをしすぎる姿勢が目に余り、腹立たしさに耐えかねて、ついに罷免《ひめん》するに至ったのであろう。

かねてより二人は犬猿の仲である。

かつて切れ者の勘定奉行だった定謙は、当時は若手老中の一人にすぎなかった忠邦が大御所の家斉《いえなり》公の機嫌を取ろうと目論み、将軍の隠居所である江戸城の西ノ丸の修築を計画したとき、提出された予算ではとても賄《まかな》いきれないと中止させ、恥を掻《か》かせたことがある。

その後、権力を握った忠邦は定謙を勘定奉行の座から引きずり下ろし、西ノ丸留守居役に小普請支配と閑職にばかり廻して、日の目が見られぬようにした。

私怨《しえん》がらみの報復人事から一転し、南町奉行の職に就かせたのは、何も定謙と和解したからではない。

早々に失脚させた上で懐刀の耀蔵を後釜に据えるまでの、言うなれば露払いをさせるつもりだったのだ。

南北の町奉行は幕閣の意向に沿って、江戸市中を取り締まる立場である。老中首座として幕府を牛耳《ぎゅうじ》るまでになった忠邦が倹約令を発すれば、配下の同心を使って庶民の暮らしを監視させ、逆らう者を捕らえなくてはならない。

いい迷惑なのは毎日見張られ、質素な暮らしを強いられる市中の民。

元凶の町奉行に、いずれ不満をぶつけ始めるのは目に見えていた。

損な役回りを好んで演じたがる者はいない。

そこで忠邦は、定謙を捨て駒に選んだのだ。

幕政改革の序盤に噴出するであろう不満を一身に背負わせ、とことん憎まれ役になってもらおう。

そんな思惑《おもわく》に、当時の定謙はぴったりだった。左遷続きで不満が募《つの》って私生活は乱れ、吉原や市中の盛り場では酔って騒ぎを起こすのもしばしばで、勘定奉行の職を失ってからの評判は最悪であった。

三十代の若さで火盗改の長官となり、勇名を馳せたこともある傑物が酒食遊興に現《うつつ》を抜かしていれば、自ずと失望される度合いも大きい。

こんな男が町奉行になったところで、上手くいくとは考えがたい。

せいぜい憎まれ役を演じてもらい、後は耀蔵に任せればいい。

だが、事は思惑どおりに運ばなかった。

南町奉行になったとたん、定謙は生まれ変わったように精勤し始めたのだ。

本来の姿に戻った、と言うべきだろう。

何より定謙が重視したのは、民の暮らしを締め付けすぎぬことだった。

忠邦が高潔な理想を抱き、享保や寛政の改革を手本として幕政を刷新するのはいい。

亡き大御所を持ち上げて甘い汁を吸っていた佞臣《ねいしん》どもを罷免し、まとめて幕閣《ばっかく》から締め出したのも、英断と言えよう。

しかし過去の成功例が必ずしも上手くいくとは限らぬし、これまで二百五十年近くも続いた徳川の天下そのものに、今や深刻なひずみが生じつつある。

年貢を負担しきれなくなった農民が村を捨てて逃散《ちょうさん》し、無宿人となって江戸に流れ込んでくる数は増える一方。こんな時代に理想ばかり先走らせ、性急に事を進めれば、真っ先に弱者が切り捨てられるのは目に見えている。

なればこそ定謙は倹約令を始めとする忠邦の方針に従おうとせず、ずっと異を唱え続けていたのだが、任を解かれて南町から追われた今は、一介の旗本にすぎなかった。

これから一番割りを食うことになるのは、末端の同心たちだ。

奉行が代われば、現場のやり方も一新される。

忠邦が命じるがままに動くであろう耀蔵の下で、心ならずも質素倹約を市中の民に強要する嫌われ役を演じなくてはならないと思えば、初日から気が重いのも無理はなかった。

「まこと、駿河守様は出来たお方であられたなぁ……」

「何だおぬし、人使いが荒いと文句ばかり言うておったくせに」

「それを申すな。蝮の耀蔵と比べれば阿弥陀《あみだ》様よ」

「さて、これからどうなるかのう」

「ううむ、ご意向には逆らえぬが、町の衆に憎まれたくもない……」

「お咎《とが》めを食わぬように、せいぜい上手く立ち回るしかあるまい。ひとたび目をつけられ、使えぬ者と決め付けられたらお終《しま》いぞ……」

去りゆく定謙の背中を見送って、同心たちは溜め息を吐《つ》くばかり。

すでに、忠邦は意のままに事を進めていた。

菱垣《ひがき》廻船の問屋を始めとする商人たちの株仲間を解散させ、歌舞伎の中村座と市村座には芝居小屋の移転を命じたのだ。

いずれも昨日までに決まった話である。

定謙が正式に解任となるのを待つまでもないと判じ、忠邦は重大な案件を二つも押し通したのだ。

何もかも理不尽だった。

できることなら、このまま定謙に南町奉行を続けてもらいたい。

弱い者の側に立ち、忠邦に異を唱え続ける存在であってほしい。

それは配下の与力と同心のみならず、多くの人々の切なる願いだった。

しかし、こたびの人事に反対するわけにはいかない。

定謙の後任に耀蔵を推挙したのは、他ならぬ水野忠邦。

将軍の信頼も厚い老中首座に、幕閣のお歴々は誰一人として逆らえない。軽輩の与力や同心、そして名もなき民が文句を言えるはずもなかった。

無力なのは笠井半蔵も同じだった。

二

何ひとつとして、定謙の役に立てはしない。

それどころか、今や勘定所の職にしがみつくだけで精一杯になっていた。

梶野良材が露骨な締め付けを始めたのだ。

知りすぎた半蔵は、かねてより良材にとって邪魔な存在。

しかし鳥居耀蔵に始末を頼んでも一向に埒《らち》が明かず、三村兄弟ばかりか新顔の忍びくずれの三人衆も、当てにはならない。

となれば、頼りになるのは己のみ。

良材は斯様《かよう》に割り切り、半蔵封じに乗り出したのである。

始まりは、組頭の呼び出しだった。

定謙が南町奉行所から追われたのと同じ、十二月二十一日のことである。

その日も半蔵は早朝から下勘定所へ出仕に及び、御用に励んでいた。

「…………」

算盤《そろばん》を弾く指の動きは、常にも増して速かった。

求めた値を帳面に書き留める、筆さばきも迅速《じんそく》そのもの。

葛藤《かっとう》を抱えていても、顔には出さない。

事もあろうに耀蔵が定謙の後任と決まったのは耐えがたいが、いつまでも打ちのめされてはいられなかった。

牢屋敷に囚われたままの仁杉五郎左衛門の一件も気にかかるが、任を解かれた定謙に何を訴えかけたところで、苦悩させてしまうだけだ。

定謙は、半蔵がひとかどの男と見込んだ相手。

呆れさせられることもあったが、存在そのものまで否定したくはない。

宇野幸内に吊し上げられ、情けなく命乞いをしたことも、もはや責める気にはなれなかった。

まして罷免の憂《う》き目を見たところに押しかけて文句を付けるなど、生傷に塩をすり込むにも等しい所業。

そんな非情な真似をするよりも、会えるのならば慰《なぐさ》めたい。

しかし家臣に非《あら》ざる身で移転先まで訪ねて行けば迷惑だろうし、夜陰に乗じて忍び込むのも同様のはず。

会いたいのはやまやまだが、しばらくの間は様子を見よう。

半蔵は、そう心に決めていた。

問題の口書がすでに焼き捨てられており、決定打となる恐れがないと分かっただけでも、せめてもの救いというもの。いずれ小伝馬町へ出向いて牢屋敷に探りを入れることにして、当面は日々の勘定所勤めに集中しよう——。

かくして算盤御用に励んでいた半蔵が組頭の呼び出しを受けたのは、ちょうど八つ(午後二時)時を過ぎた頃。仕事が一段落したら、小休止をしてもいい時分である。

そんな頃合いを見計らって、組頭は半蔵に声をかけてきた。

「ちと参れ、笠井」

「ははっ」

連れていかれた先は、離れた一室。

半蔵ら平勘定衆が、いつも休憩に使っている部屋ではない。来客を通して応接する、玄関近くの座敷であった。

他の配下に聞かれぬように、わざわざ用部屋と距離を置いたのだ。

こんなところで、何の話をするつもりなのか。

初老の組頭は腰を下ろしてすぐ煙管《キセル》を取り出し、一服吸いつけていた。

話があるなら早々に切り出せばいいのに、なぜ勿体《もったい》を付けるのか。

訳が分からなかったが、上役のすることに文句は言えぬし、鬱陶《うっとう》しくても煙を手で払うわけにはいかない。

煙草《たばこ》は若い頃から嗜《たしな》まぬ半蔵だが、吸いたくなるのはくつろぎのひとときとは限らず、むしろ屈託を抱えているときが多いのは承知の上。

組頭の用件とは、よほど話しにくいことなのだろうか——。

濃い紫煙の漂う中、半蔵は黙して待つ。

結局、初老の組頭は続けて三服も煙草を吸った。

使い込まれた叺《かます》を開き、詰め直すしぐさはせわしない。

「げほ、げほ……」

「大事ございませぬか、組頭様」

「構うには及ばぬ……げほっ……」

心配して腰を浮かせかけた半蔵を押しとどめ、組頭は咳き込みながら雁首《がんくび》を灰吹きに打ち付ける。

かつんという音が、静まり返った座敷に響く。

障子越しの西日が二人を照らし、畳に影を映している。

古びた煙管を仕舞い、組頭はようやく話を切り出した。

「笠井……おぬし、お奉行に何ぞご無礼でも働いたのか」

「は？」

「大層お怒りであったぞ……。まこと、思い出しても背筋が凍るわ」

ぶるっと組頭は体を震わせた。

「…………」

半蔵は啞然《あぜん》とせずにいられなかった。

からかわれているわけではないらしい。

もとより組頭はお笑い好きだが、悪い冗談は言わぬ質《たち》。年の瀬で御用繁多の折に執務中の配下をわざわざ呼び出し、持って回った真似をしてまで、笑いものにしたがるはずがあるまい。

「重ねて問うぞ、笠井。心当たりがあらば、素直に申せ」

「滅相もありませぬ、組頭様」

動揺してはなるまいと、半蔵は気を取り直した。

良材が影御用と称し、密命を下していたのも過去の話。

正義なき密命の遂行を半蔵に拒まれ、勘定奉行と平勘定の間柄に戻って久しいというのに、今さら何を言い出すのか。

しかも関係のない組頭まで巻き込むとは、どうかしている。

かつて良材が使役していた小者の孫七を別にすれば、勘定所に秘密を知る者は誰もいない。当然ながら組頭も無関係であり、半蔵さえ口をつぐんでいれば事が露見する恐れは皆無であった。

表の御用にも、近頃は何の落ち度もないはずだ。

勘定所勤めが嫌で仕方なく、算盤を弾く指が話にならぬほど遅い上に、求めた値が間違ってばかりいた頃であればいざ知らず、今や半蔵は日々命じられる御用をきっちりとこなしている。十年前に笠井家へ婿入りして以来、ずっと不向きと思い込んでいた算盤勘定に、近頃はやり甲斐《がい》さえ感じつつあった。

毎日の働きぶりは組頭を通じ、良材の耳にも入っているはずだ。

それなのになぜ、理不尽に文句を付けてくるのか。

まったく訳が分からない。

一体、良材は何がしたいのか。

疑念の渦巻く胸中を知る由もなく、組頭は深刻な面持ちで告げてくる。

「子細を明かせぬとなれば、致し方あるまい……笠井半蔵、おぬしに謹慎を申し付ける」

「は？」

「沙汰が有るまで大人しゅうしておれ、良いな」

「謹慎……にございまするか？」

半蔵の声が震える。

重ね重ね、信じがたいことであった。

「止むを得まい。おぬしが抜けた後の穴は、他の者で埋めるといたそう……年始の挨《あい》拶《さつ》も、斯《か》くなる上は気を遣うに及ばぬ」

告げる組頭は切なげな顔。

近頃の半蔵の精勤ぶりを認め、折を見て良材に報告しようと考えていた矢先に思わぬ形で水を差されたとあっては、落胆するのも無理はない。

「………」

半蔵は絶句したままだった。

しかし、いつまでも黙ってはいられない。

「……組頭様」

「……何じゃ」

「お申し付けの儀は、ご公儀からの正式なお達しにございまするか」

「さに非ず。すべてお奉行のご一存よ」

組頭《かぶり》は頭を振った。

「実はな、笠井。お奉行は儂《わし》を呼び寄せ、何とかおぬしを御役御免にできぬかと仰せになられたのだ」

「何と……」

「皆まで申すな……理不尽と思うておるのは、儂も同じぞ」

沈鬱な顔で、組頭は続けて語る。

「おぬしの義父の総右衛門とは役目こそ違えど同じ釜の飯を食らい、共に御勘定所勤めに励んで参った仲じゃ。あの総右衛門に認められ、笠井の家に婿入りせしおぬしを、もとより悪くは思うておらぬ。お奉行のお言葉は、恐れながらどうかしておられるとしか考えられぬわ」

「…………」

「察するに、これは私怨ぞ」

「…………」

「おぬし、まことに何の心当たりもないのか？」

「……はい」

「ならば良い」

組頭はそれ以上、深く問おうとはしなかった。

「しかるべき故なくば、お奉行の仰せといえども承《うけたまわ》れぬ。御役御免は厳しすぎまするし食い下がり、しばらく謹慎させるということで何とかご承知願《ねご》うたは幸いと料簡いたし、儂の言うとおりにせい」

組頭の表情は真摯《しんし》そのもの。どうすれば半蔵の立場を守ってやれるのか、真剣に考えてくれているのが伝わって来る。老獪《ろうかい》な良材に丸め込まれ、あらかじめ決めた台詞《せりふ》を言わされているとも思えない。

「かたじけのう存じまする」

半蔵は深々と頭を下げた。

「まこと、解せぬことじゃ……」

殊勝な態度を取るのを前にして、組頭は溜め息を吐く。

「かねてより、おぬしはお奉行のお気に入りであったはずぞ。それが何故《なにゆえ》に左様な仕儀となったのか、つくづく訳が分からぬわ」

「申し訳ありませぬ」

神妙な顔で礼を述べながらも、半蔵は腹の底から湧き上がる怒りを抑えるのに懸命だった。

無関係の組頭まで巻き込む良材のやり口に、腹が立って仕方がない。

ここまでしなくては安心できぬほど、半蔵のことが邪魔なのか。

良材の裏の顔を告発しようとは、最初《はな》から考えてもいない。

影御用と称して利用することさえ止めてくれれば、口止め料も求めはしない。

今後は半蔵をただの平勘定として扱い、隠居する歳になるまで笠井家代々の勘定所勤めを続けさせてもらえれば、それだけで十分だった。

そんなささやかな願いを、良材は踏みにじった。

御役御免にすると突然言い出して、半蔵を職場に居られなくしたのだ。

幾ら何でも、横暴すぎる。ここまでする必要はないはずだ。

あくまで半蔵が信用できぬということなのか。

公儀に訴え出るか、あるいは世間に吹聴されると恐れているのか——。

組頭には子細を明かせないのが、心苦しい限りであった。

むろん、必ずしも真実を告げれば良いわけではない。

鬱々と毎日を過ごしていた隙を突かれ、知らぬ間に悪事の片棒を担がされたと明かせば、実直な組頭は良材にも半蔵にも、等しく失望することだろう。

無能な昼行灯《あんどん》だった頃から気に懸けてくれていた上役に、重ねて残念な思いをさせたくはない。

ここは提案を受け入れ、黙って耐えるしかあるまい。

今後のことは佐和と話し合い、婿として万事従うつもりであった。

一刻《いっとき》も経たぬうちに日は暮れた。

下勘定所に勤める役人たちは、三々五々家路に就く。

平勘定の用部屋にも、残っているのは組頭と半蔵のみ。

半蔵は最後まで居残り、任された勘定を締めたところだった。

「遅うなりまして相済みませぬ」

「うむ……大儀であった」

「恐れ入りまする」

まとめ上げた書類を組頭に提出した半蔵は、筆硯《ひっけん》を片付ける。

屋敷に持ち帰る私物は、算盤を含めて蓋付きの手文庫に納まる程度。

手文庫を風呂敷に包んで抱え、半蔵は立ち上がった。

「されば組頭様、後のことは何卒《なにとぞ》よしなにお願いいたしまする」

「うむ。お奉行のご勘気が解けるまで、奥方ともども息災にな」

「組頭様もお達者で……御免」

重ねて一礼し、半蔵は用部屋を後にする。

その頃、梶野良材は奥の私室で笑いを堪《こら》え切れずにいた。

「ふふふ、いい気味じゃ……笠井半蔵め、命が惜しくば妻女を説き伏せ、一日も早う《はよ》養子を迎えて若隠居いたすがよかろうぞ……」

障子を締め切った座敷は薄暗い。

「いつの間に日も暮れおったか……ふっ、気付かなんだぞ」

良材は腰を上げ、自ら行灯に火を入れる。

灯火に浮かぶ顔には満面の笑み。

怒りが収まらぬどころか、先程から機嫌がいい。

江戸城中の御殿勘定所から戻って早々に組頭を呼び出し、激怒していると見せかけて半蔵を御役御免にすると宣言したのは、すべて老獪な芝居だった。

「我ながら、上手くいったわ……」

御庭番あがりで五情五欲の理に通じていれば、人のいい組頭を騙《だま》し、恐れおののかせるぐらいは訳もない。

良材は武力ではなく知恵を用いて、半蔵を黙らせようと目論んでいた。

三村右近も歯が立たぬほど強くなったのを力ずくで始末するには、よほど腕の立つ刺客を用意しなくてはならないし、首尾よく目的を遂げたとしても、今度は雇った刺客の口を封じるのに手間がかかる。

ようやく得た勘定奉行の職を、良材は失いたくなかった。

御庭番を振り出しに苦節幾十年。来年で七十になる良材としては、現職のまま天寿を全うしたいところである。

そのためには、知りすぎた半蔵の存在が邪魔だった。

とはいえ何の理由もなしに、下勘定所から追い出すわけにはいかない。

まだ影御用を引き受け始めたばかりの頃、剣の腕を活かせぬ勘定所勤めに倦《う》み疲れていた半蔵ならば、関東取締出役に役目を替えてやるだけで取り引きは簡単に成立し、良材も安心できたことだろう。

だが密命を果たすうちに、半蔵は上つ方の欺瞞《ぎまん》に気が付いた。

次第に命令を聞かなくなり、ついに始末に困るまでになってしまった。

このままでは、良材が耀蔵と結託して定謙を南町奉行に一旦祭り上げ、頃合いを見計らって引きずり下ろしたことが露見してしまう。

となれば口を封じたいが、半蔵は強い。

今や刃引きではなく本身を振るい、かつて手も足も出なかったはずの右近をも圧倒する域に達しているのだ。

むろん、御庭番あがりとはいえ剣の腕はからっきしの良材が自ら立ち向かったところで話になるまい。

そこで良材は考えた。

昔取った杵柄《きねづか》で、御庭番時代の得意技を使えばいい。

良材にとって、人を騙すのはお手の物。

半蔵を懸命に庇《かば》おうとする組頭の提案を受け入れ、ひとまず謹慎させるだけで良しとしたのも、すべて芝居にすぎない。

組頭を利用する一方で企んだのは、佐和を使うことだった。

笠井の家付き娘は、自尊心が極めて強い。

百五十俵取りの微禄ながら三河以来の直参旗本で、算勘《さんかん》の才を発揮することで徳川家に貢献してきた一族の末裔《まつえい》として、揺るぎない誇りを持っている。

その自尊心を傷付けられれば、佐和は正気を保ってはいられまい。

半蔵が謹慎の処分を受け、いずれ御役御免にされかねないと知れば激しく責め立て、かつての如く無能ぶりを罵倒《ばとう》することだろう。

誇りの高さは、往々にして自滅につながりやすい。

すでに良材は見抜いていた。

佐和は、どこまで行っても家付き娘。

男顔負けに気が強く、弁が立つのも家柄に自信があればこそ。

名のある家に生まれた身で、俗物に後れを取ってはなるまい。

そんな誇りが彼女を鍛え、強くしたと言っていい。

だが、もしも笠井の家名が断絶させられたらどうなるか。

すべての自信の源を失えば二度と立ち直れまいし、事の発端がこたびの謹慎となれば、半蔵は無事では済まないだろう。家を存続させる立場の婿が断絶の原因を作るとは何事かと佐和は怒り狂い、詰め腹を切らせた上で、自害して果てるに違いなかった。

「ふっ、旗本八万騎家中随一の佳人に引導を渡されるとなれば、男冥利《みょうり》に尽きようぞ……果報者だの、笠井半蔵……」

障子を閉めきった部屋の中、良材は不気味につぶやく。

これでようやく、邪魔者の始末が付くのだ。

しばし時はかかるだろうが、急《せ》かずに確実を期したい。

まずは謹慎させることで夫婦の間に亀裂を入れ、自滅を誘う。

揺さぶりが足りなければ、組頭を介さず直《じか》に御役御免を突き付けてやる。

佐和が賢明に判断して半蔵を隠居させ、どこからか養子を迎えて笠井の家督を継がせれば、万事が丸く収まる。

これ以上、半蔵に余計な真似をさせぬようにしてくれれば、それでいい。

「ふふふ……あの嫁御、如何《いか》に始末を付けるのかのう」

良材は成り行きを楽しむ気になっていた。

三

そこまで先読みされているとは思いもよらず、半蔵は家路を辿《たど》っていた。

どんよりと暗い面持ちで顔を伏せ、駿河台に続く坂道を上っていく足の運びは何とも重い。

無理もないことだった。

できるなら明日も出仕して算盤を弾き、筆を執《と》って一日励みたい。

だが、それはもはや叶《かな》わぬ話。

謹慎せざるを得なくなったと佐和に告げ、これからのことを夫婦で考えなくてはならない。重ね重ね、気の重いことである。

このところ夫婦仲が良好になってきたのは、笠井家代々の勤めに励み、苦手な算盤の扱いも上達したからだと半蔵は思う。

佐和にとって、家のために力を尽くさぬ婿など値打ちはないはず。

誇り高い家付き娘ならば、そんな価値観を持っていて当たり前だ。

半蔵はそう自覚し、毎日の勘定所勤めに精を出してきた。

婿入り十年目にして当主の責任に目覚め、遅れ馳せながら前に進み始めたことを佐和は評価してくれている。

しかし謹慎を命じられ、下手をすれば御役御免と知れば佐和は必ずや激怒するだろうし、半蔵は何をされるか分かったものではなかった。

ともあれ、まずは素直に詫びるべきだろう。

「……よし！」

半蔵は顔を上げた。

意を決して門を潜り、玄関に立つ。

奉公人たちを呼ぶことなく家に上がったのは、早々に佐和と顔を合わせる危険を避けるためだった。

十年来の付き合いだが、半蔵はまだ佐和に遠慮が多い。

家名に関わる一大事となれば尚のこと、慎重に話を切り出す必要がある。

しかし、心の準備をする余裕は与えられなかった。

式台に立ったとたん、佐和が姿を見せたのだ。

「何とされたのです、お前さま」

「い、今戻ったところだ」

「お帰りなさいませ」

「う、うむ……」

我ながら、ぎこちない。

ともあれ今日の出来事を明かし、間を置くことなく詫びなくてはならない。

だが、真っ先に口から突いて出たのは謝罪の言葉。

考えるより先に、体も動いた。

「すまぬ、佐和！　謹慎を命じられてしもうた！」

半蔵はその場で膝を突き、深々と頭を下げる。

「入り婿の分をわきまえず、軽々しゅうお奉行の……梶野土佐守の誘いに乗ったのが災いし、そなたに難儀をさせたばかりか、こたびは代々の平勘定職まで失いかねぬ、とんでもないことになってしもうた……。笠井のご先祖にしかとお詫び申し上ぐる言葉も見つからぬが、このとおりだ、どうか許してくれっ」

「………」

式台で平伏する夫に、佐和は無言で歩み寄る。

怒りに任せて足蹴《あしげ》にするのか。

それとも、呆れて放っておくのか。

佐和はどちらの行動も取らなかった。

半蔵の間近に立つと、早々に呼びかける。

「頭を上げてくだされ、お前さま」

「佐和……」

「ご自分を責めるのはお止めなされ。人とは皆、弱きものにございまする」

らしからぬ言葉だった。

いつも強気で完璧な妻の心に、一体どんな変化があったのか――。

顔を上げた半蔵と目を合わせ、佐和は言った。

「これまで私は間違《まちご》うておりました、お前さま」

「えっ……」

半蔵は耳を疑う。

誇り高き笠井家の佐和に、こんなことなど言ってほしくなかった。

「ば、馬鹿を申すな。そなたほど出来た女人を、拙者《せっしゃ》は知らぬ！」

「左様なお言葉、聞きとうありませぬ」

半蔵の言葉に、佐和は眉を顰《ひそ》めた。

「何が嫌なのだ。真実《まこと》ではないか」

「違いまする」

佐和は頑《かたく》なに頭を振る。

いやいやをする、子どもじみた素振りだった。

「佐和、おぬし……」

半蔵は戸惑いを隠せない。いつも聡明で気丈な妻が、何としたのか。

と、佐和は思わぬことを問うてきた。

「お前さまは過分に持ち上げられ、困惑なさることはありませぬのか?」

「うーむ……そのようなことをなさるのは、柳町の近藤先生ぐらいだな」

近藤周助は牛込柳町に試衛館道場を構える一方、天然理心流の三代宗家として日野宿を始めとする多摩郡《たまごおり》の各地に出向き、剣術を教えている。

武州一帯に根付いて久しい天然理心流も江戸市中ではまだ無名に等しく、甘く見た他流派の門人が、腕試しに乗り込んでくることも多い。そんなときに周助は半蔵を呼び出して盛んに持ち上げ、自分の代わりに道場破りの相手をさせるのが常だった。

「同門の兄弟子を悪くは言えぬが、そろそろやめてほしいものだ。褒められたとなれば、期待に応えねば悪いしな」

「甘《あも》うございまするぞ、お前さま」

「えっ」

「私は幼き頃より、その繰り返しにございました」

半蔵のぼやきに、佐和はにこりともせず答える。

「そなたは出来がいい、外見《そとみ》も美しゅうて誇らしき限りぞ……そんなことを毎日の如く言われておれば一層の磨きをかけ、より高みに立たねばならぬという気になりまする」

「義父上と義母上が、左様な真似を？」

「今にして思えば、それほど本気ではなかったのでありましょう……私が勝手に重く受け止め、独りで張り切っておっただけなのかもしれませぬ」

「されど、その甲斐あって今に至ったのであろう？　善きことではないか」

「もう疲れました。お前さまも、これより先はお気を楽になさいませ……」

「しっかりせい！」

急にぐったりした佐和を支えつつ、半蔵は周囲に視線を走らせる。

またしても、妖しい術をかけられたのではあるまいか。

だが、過日に現れた女忍び——白菊の気配は皆無。

今宵の佐和は敵に操られていたわけではない。

本当に疲れ切り、弱音を吐いていたのである。

その夜から、佐和は病の床に就いてしまった。

半蔵を含めた周囲の人々が思い込んでいたほど、彼女は強くなかったのだ。

自ら告白したとおり、幼い頃から期待を寄せられては奮起し、努力を積んで己を高めることを繰り返しながら、佐和は大人になった。

そんな積年の無理が祟《たた》り、ついに倒れてしまったのだろう。

とはいえ素人考えでは断定できぬし、何を与えたら良いのかも分からない。

早急に医者の診立てが必要だった。

「お任せくだされ、殿様！」

朝一番で屋敷を飛び出し、呼びに行ったのは女中の一人。行儀見習いで笠井家に奉公している、日本橋の豪商の娘である。

尊敬する佐和を藪《やぶ》医者になど診せたくないと主張し、実家の母親と姉が世話になっている医者を呼びに、自ら走ってくれたのだ。

駕籠《かご》を飛ばして駆け付けたのは、江戸では珍しい女の医者だった。

年の頃は、佐和と同じ世代の三十前。

これまた珍しく眼鏡をかけた面長の顔に化粧っ気はなく、髪は鬢付《びんつ》け油を用いず束ねたのみ。男の医者と同様に十徳《じっとく》を着け、動きやすく裾を絞った軽衫《かるさん》袴を穿《は》いていた。

脈を取って熱を測り、触診する手際は慣れたもの。半蔵が出仕もせずに廊下で控えているのを訝《いぶか》しむことなく、速やかに診察を終えて呼んでくれた。

「ご安心くださいませ殿様。奥方様は病ではありませぬ」

「まことか？」

「はい。ただし積年のご心労で、お疲れが甚だしきご様子とお見受けいたしますので、ご養生が必要です。当分の間は何もなさらず、ごゆるりとお休みいただくのがよろしいでしょう」

「承知つかまつった。して先生、薬は何を飲ませれば良いのだ？」

半蔵は勢い込んで問いかける。

「やはり人参《にんじん》か？　金は何としても算段いたす故、入り用なだけ申してくれ！」

自分にも責任の一端があると思えば、罪悪感を覚えずにいられない。

そんな後ろめたさが、必要以上に声を大きくさせていた。

「何もそこまでなさらずとも……大事はありませぬよ」

女医は眼鏡越しに微笑《ほほえ》み返す。どことなく冷たい印象を与える顔が、わずかにほころんで見えた。

「殿様に見守っていただくことが、何よりの妙薬となりましょう」

「それだけで構わぬのか？」

「まぁ、それだけとは聞き捨てなりませぬね」

拍子抜けして答えたとたんに、女医の態度は変わった。

「簡単なことではありませぬ。しかとお願いいたしますよ」

眼鏡越しに、じろりと睨《にら》む。

瘦せぎすなのに、妙に貫禄がある。

女医は、告げる口調も重々しかった。

「ご無礼ついでに、今少し申し上げまする。構いませぬか」

「う、承ろう」

思わぬ迫力に圧《お》されて、半蔵はうなずいた。

「されば、お聞きくだされ」

と、女医は眼鏡を外す。

意外にも童顔の、愛らしい顔立ちであった。

それでいて、語る内容は手厳しい。

「何も笠井の殿様に限ったことではございませぬが、世の殿方はおなごの扱いをご存じないにも程がありまする。奥方様と同じ症状は、実を申せば幾らでもあるのですよ」

「それはまことか」

「はい。いずれのご家中におかれましても外聞を憚《はばか》られるとのお話で、なかなか表沙汰にさせてはもらえませぬが……」

「そ、それは当家も同様に願おうぞ」

「構いませぬが、大丈夫でございますか」

「何がだ、先生？」

「奥方様を見守られるのは、決して易《やす》きことではございませぬ。濡れ落ち葉の如く、べたべたとくっついておられるばかりでは、鬱陶《うっとう》しがられるのが関の山……付かず離れず、程よき間合いをお取りいただくのが肝要《かんよう》なのです」

「ううむ、加減が難しいのだな」

「先程から左様に申し上げておりまする。奥方様をしっかり護《まも》っていただかねばなりませぬぞ」

と、女医はまた半蔵を睨んだ。

完全に佐和の味方となっている。半蔵としては親身の診察をしてもらえるのが有難い反面、返す言葉が見つからなかった。

されど、黙っていては埒が明かない。

しばしの思案の末に、半蔵は口を開いた。

「……先生の診療所には、看板はござるか」

「はい。恥ずかしながら裏店《うらだな》住まいですので長屋の木戸に、ほんの小さく掲げておるだけですが」

「それでも、世間に名前を出しておられることに変わりはござるまい」

相手を女と軽んじることなく、半蔵は真摯に言葉を続けた。

「憚りながらわが妻は、余人よりも背負いし看板が多うござる。そこのところを先生はご存じか」

「はい。お嬢様……いえ、こちらのお女中がお里帰りをなされるたびに、お話を伺《うかご》うております。他にも市井の噂で、いろいろと」

「碌《ろく》な噂ではあるまいよ。殊に身共のことは、ぼろくそであろう……」

一瞬浮かべた苦笑を、半蔵は引っ込める。

続いて口にしたのは、最も気になる問題だった。

「先生、忌憚《きたん》なくご所見をお聞かせ願いたい。妻が急に倒れたのは、実は身共の至らなさに悩み抜いた故のことではござらぬか？」

「私は奥方様ご自身のお悩み故と見立てましたが、殿様は左様にお考えですか」

「うむ。そんな気がしてならぬのだ」

「いけませぬ。御自身を卑下なされることで良しとするのは、逃げに等しい所業にございますぞ。それでは奥方様も報われますまい」

即答した半蔵に、女医はぴしゃりと告げる。

「何事も安易に、すぐお答えになられるのはよろしゅうありませぬぞ。言われたことを熟考なさらず、万事適当に考えておられると相手に受け取られます故」

「そうなのか？」

「はい」

「それはいかんな……向後《こうご》は気を付けるといたそう」

手厳しいが、言うことにいちいち思い当たる節が有る。それに佐和のみならず半蔵にも親身になってくれているのが、苦言の端々《はしばし》から感じられた。

とにかく、今は佐和の回復を願うのみ。

不幸中の幸いと言うべきか、半蔵は謹慎の処分を受けた身である。

女医者の助言を踏まえ、愛妻を見守る役目に徹しよう。

半蔵は、そうすることに決めた。

四

佐和が倒れてから三日が過ぎた。

今日は十二月の二十四日。御禁制のキリシタンの間では、耶蘇《キリスト》の誕生を祝う日であるという。

そんなことなど与《あずか》り知らず、佐和を見守る日々を送る半蔵にささやかな朗報が届いたのは、夜が明けて早々のことだった。

知らせに来たのは高田俊平。

昨夜は本郷で薬種問屋を営む実家で過ごし、朝一番で朗報を駿河台の笠井家に届けた上で、呉服橋御門外の北町奉行所に出仕するらしい。

わざわざ遠回りをしてまで届けてくれた朗報は、共通の友の祝いごと。

「まことか、高田？」

「はい。何とか大つごもりの前に調《ととの》いましたよ」

「それにしても今日とは、寝耳に水だぞ」

「なーに、善は急げって言うじゃありませんか」

「たわけ。良き知らせを聞くのにも、心の準備というものが要るのだ」

叱りながらも、半蔵は嬉しそう。

思わぬ朗報は、眠気と疲れを吹き飛ばして余りあるものだった。

俊平がもたらしたのは、浪岡晋助《なみおかしんすけ》の祝言の知らせ。

晋助は俊平と試衛館道場の同門で、無二の親友同士。半蔵にとっても可愛い弟弟子で、過日の武州での戦いでは助っ人をしてもらっていた。

その晋助が相思相愛の忍《しのぶ》と、ついに所帯を構える運びとなったのだ。

半蔵が看護の疲れを思わず忘れ、俊平と喜び合ったのも当然だろう。

「これで浪岡も、忍さんと添い遂げられるというわけか……」

「ずいぶんと時がかかりましたけど、終わり良ければ何とやらですね」

「うむ……」

朝日の射す縁側に立ち、半蔵と俊平は感慨深げに空を見上げる。

障子を閉めた寝所では、佐和が寝息を立てている。

冬の空は、雲ひとつなく晴れ渡っていた。

晋助はすんなりと祝言まで漕《こ》ぎ着けたわけではない。相手の忍は素直で優しい娘でも、親兄弟が最悪だったからだ。

忍の父親は、南町奉行所の筆頭同心だった堀口六左衛門。

小心者のくせに出世欲が極めて強く、前の奉行の筒井政憲を見限って矢部定謙に付いたばかりか、仁杉五郎左衛門まで裏切った、許しがたい輩《やから》であった。

されど、悪運とは長く続かぬものである。

御救米調達において自分の役目を悪用し、清廉潔白な五郎左衛門と違って本当に私腹を肥やしていた六左衛門も去る十一月、ついに小人目付衆の手によって御用鞭《ごようべん》にされた後。早々に小伝馬町牢屋敷の揚り屋に収監され、連日に亘《わた》って厳しい取り調べを受けているという。

「遠島か、良くて江戸所払いでしょうね」

「となれば、同心株はご公儀に没収されるということか……。願わくば浪岡には堀口の家督を継いで、おぬしと同様に十手《じって》を握ってもらいたかったぞ」

「いいじゃありませんか、半さん」

俊平は苦笑した。

「もとより忍さんに罪はないが、堀口の家は親父はもちろん、死んだ兄貴もろくでなしだ。そんな家を継がされたんじゃ、浪岡もぞっとしねぇでしょうよ」

堀口家にも、一応は貞五郎という跡取りの息子が居た。

この貞五郎、父親の六左衛門に輪をかけて狡猾《こうかつ》な男であったが、見習い同心として南町奉行所に出仕中の六月二日、五郎左衛門を信奉する佐久間伝蔵が抜いた怒りの刃の前に果てている。

晋助はすべてを承知の上で、忍と祝言を挙げるという。

六左衛門と貞五郎の末路が、いずれも自業自得なのは明白。

後に残された忍が責任を感じる必要など有りはしないし、愚かな父と兄に強いられ、定謙に取り入るための人身御供《ひとみごくう》にされたことで、すでに彼女は十分すぎるほど理不尽な目に遭《あ》っている。

晋助も忍も、これからは自分たちの幸せだけを追い求めてくれればいい。

俊平の話によると二人は江戸を出て、武州に居を構えるとのことだった。

「谷保《やほ》村か。それは良きところを選んだな」

「土地のお医者が近藤先生と親しいそうで、浪岡のことを話したら、夫婦揃って面倒を見てやろうって、すぐ請け合ってくれたそうですよ」

「それは重畳《ちょうじょう》……医者になれば食いっぱぐれはなかろうし、あやつの腕前ならば地元の衆に剣も教えられるからな」

「先生もそう仰せでしたよ。どっちみち一人じゃ谷保村の辺りまで手が回らないから、代稽古ということで浪岡に任せたいってね」

「さすがは近藤先生だ。良きお考えぞ」

話を聞いて安堵《あんど》しながら、半蔵はしみじみとつぶやいた。

「そうか、まことに江戸から出て行くのだな……」

ふと羨《うらや》ましさを感じたのは、自分たちには無理な相談と思えばこそだった。

笠井家に限らず、直参旗本は江戸市中で暮らすのが定め。将軍に危機が迫ったときは即座に出陣し、直属の家臣として護らなくてはならないからだ。

一方、晋助と忍には何もない。

背負うものが皆無だからこそ、いちから人生をやり直すこともできるのだ。

そんな真似は、半蔵と佐和には許されない。

勝手に江戸から離れるのは御法度《ごはっと》であり、強行すれば罪に問われる。

それでいいのだと割り切って、今日まで何とかやってきた。

果たして、本当に良かったのか。

家名と代々の職にこだわる余り、佐和は心の均衡を崩した。自分の至らなさも原因になったと思えば、半蔵は猛省せずにいられない。

一方で、なぜか疑念も尽きなかった。

旗本はもちろん格下の御家人も直参として、将軍のために働く立場。

しかし、実態は違う。

半蔵たちを使っているのは、将軍の威光を借りた上役。

尊敬に値する人物もいれば、話にならない愚か者もいる。

愚かな上役に使役されるぐらいなら、いっそ職を辞したほうがいい。

梶野良材に嫌気が差して以来、ずっと半蔵はそう考えていた。

かつて暮らした武州に戻り、妾腹《しょうふく》の生まれ故に実家の村垣家から追い出された十代の頃の如く、剣術修行と野良仕事の日々を再び過ごしたいとも思った。

だが、入り婿の身で勝手な真似はできない。

そんな半蔵にも増して、辛い立場に置かれていたのが佐和であった。

妻の弱さを目の当たりにしたのは、半蔵にとって衝撃だった。

気高く美しく、何があっても動じることなく、男顔負けに戦える強妻と半蔵が信じ込んでいた佐和も、生身の人間と変わりはなかった。

むろん、凡人よりは格段に強い。

人は皆、周囲から期待を寄せられれば発奮し、己を高めるために精進する。

一方で、やる気をひとたび失えば、幾らでも怠惰に過ごせる。

この相反する要素を兼ね備えているのが、人間だ。

ところが、佐和には怠《なま》けるという発想がない。

代々の旗本の娘としての自覚が、そうさせていたのだ。

他の家付き娘たちが佐和に劣らず、強固な意志を持っているのか否かを、半蔵は寡《か》聞《ぶん》にして知らない。

ひとつ言えるのは、女傑の佐和にも限界が有ったこと。

家名を護ろうとして重ねてきた無理が祟り、毎日昏々《こんこん》と眠り続けている。余りに哀れな、糸の切れた操り人形の如き有り様だった。

半蔵にできるのは、ただ側に付いていることのみ。

本当にこれでいいのか。理不尽に謹慎させられたことに憤り、そろそろ良材に文句を付けに行くべきではないだろうか――。

葛藤の末に、半蔵は己を見失いかけていた。

そんな真似をすれば良材の思う壺で、即座に御役御免にされてしまう。

口論の末に揉み合いとなり、弾みで怪我でもさせてしまえば裏の事情など与り知らぬ公儀の裁定で不届き至極と決め付けられ、切腹までさせられかねない。

半蔵が暴挙に出るのを思いとどまらせたのは、去り際に俊平が告げた一言。

「そうだ半さん、浪岡がお礼を言ってましたぜ」

「礼だと？」

「忍さんを手放せって、矢部駿河守に意見してくだすったんでしょう」

「ああ、そのことか」

「半さんがいろいろ陰で助けてくれなきゃ、年が明ける前に祝言を挙げることはできなかったかもしれない、重ね重ね恩に着ますって……」

「何の、何の。すべてはあやつの心がけの良さ故だろうよ」

嬉しげに目を細める半蔵の胸中からは、いつの間にか屈託が消えていた。

人間は、常に気の持ち様《よう》である。

若い二人を祝福するのは、今の半蔵にとっても善いことなのだ。

だが、立ち入りすぎるのは避けたい。

俊平曰く、祝言の席は宇野幸内の隠居所に設けられ、三々九度の杯を交わした後は宴を開いて、皆で大いに盛り上がることになっているという。

「半さんもお出でになりますかい」

「遠慮しておこう」

問われて即答するのは良くないことと女医から言われたが、何事も時によりけりである。

敵の敵は味方と言うが、幸内と半蔵には当てはまらない。鳥居耀蔵と対立しているのは同じでも、幸内とその仲間は矢部定謙のことまで敵と見なし、許そうとせずにいるからだ。定謙をひとかどの男と認め、時として呆れながらも護ろうとする半蔵と、相容《あいい》れるはずがないだろう。

せっかくの祝いの席に気まずい雰囲気を漂わせてはなるまいし、いきなり顔を見せれば晋助や政吉は困るはず。幸内の仲間でありながら、半蔵との付き合いも長いからだ。

今日の主役である晋助はもちろん、昔馴染みの政吉も困らせたくない。

むろん、俊平も同様である。

半蔵と相容れない幸内も、俊平にとっては捕物の師に等しい存在。南町と北町の垣根を越えて、今や固い絆《きずな》で結ばれている。

若い俊平が成長していく上で、これからも幸内に教え導かれることは欠かせぬはず。半蔵との間で板挟みにさせ、困らせてはなるまい。

気を廻してくれるのは嬉しいが、あくまで断り抜くべきなのだ。

角が立たぬように気遣いつつ、半蔵はやんわりと俊平に告げる。

「誘ってもらいながら相済まぬが、今宵も佐和の側に付いていてやらねばならぬのだ。それに、ご隠居から特に誘われてもおらぬしな……」

「そんなの構いませんよ。どうかご遠慮なさらずに来てください」

「おいおい、おぬしが決めることではあるまいぞ」

半蔵は苦笑した。

「何も宇野のご隠居に遠慮はしておらぬ……拙者は拙者で、護らねばならぬ者が居るというだけのことだ。おぬしは浪岡と忍さんの幸せを精一杯願うてやれ」

「分かりました。野暮を言っちまってすみません」

それ以上、俊平は食い下がろうとはしなかった。

半蔵は部屋に一旦戻り、封書を手にして戻って来る。

「これはおぬしに預ける故、後で浪岡に渡してやってくれ」

そう言って半蔵が俊平に託したのは、結婚祝いの金一封。

「心得ました。それじゃ半さん、失礼します」

式台に立って見送る半蔵に一礼し、俊平は笠井家を後にする。

門を潜って出て行く足取りの軽さから、ホッとしていると察しが付く。

もしも半蔵が参列すると言い出せば、歩みも重くなっていただろう。

何かにつけて気を遣わせてしまう、自分の立ち位置が申し訳ない。

定謙と決別すれば、こういうこともなくなるはずだ。俊平はもちろん、晋助も政吉も安堵するに違いないが、まだ手を引く気にはなれなかった。

矢部定謙という、自分がひとかどの男と認めた人物の真価を見届けたい。

半蔵には、そんな願いがある。

定謙を仇と狙うお駒と梅吉にも、最後まで付き合わねばなるまい。

できることならば和解させ、父娘の名乗りも上げさせたいが、あくまで決めるのは当人同士だ。定謙が自ら討たれる気になったときには、せめて介錯役を引き受け、謹んで引導を渡してやりたかった。

とはいえ、先のことは分からない。

今日も一日、今できることに取り組むのみだ。

「よし！」

己自身に活を入れ、半蔵は大きく伸びをした。

そろそろ佐和を起こし、朝餉《あさげ》を共にする時分である。

半蔵は朝夕の食事時のみ、妻を見舞うことにしていた。

側から離れず、べたべた接するばかりが見守ることではないと女医から忠告されたのを踏まえ、朝夕の日に二度のみ顔を見合わせ、お互いに安堵する毎日を送っていた。

空いた時間は庭に立ち、素振りと剣術形の独り稽古に取り組む。

さらに算盤を弾き、佐和の書棚から貸り出した算学書をひもといて、指さばきと頭の冴えが鈍《にぶ》らぬように心がけることも忘れない。

今日も勘定所からは何の知らせも届かなかった。

再び出仕が叶うのはいつなのか、まだ見当もつかない。

それでもまた一日、今できることに取り組むのみと心に決めていた。

五

かくして、冬の日は穏やかに過ぎていった。

今日は十二月二十八日である。

矢部定謙が解任されて、早くも七日。

南町奉行所に新しい奉行がやって来る日だ。

威風堂々、漆塗りの乗物が数寄屋橋御門を潜っていく。

乗物の主は鳥居耀蔵。甲斐守の官名を得た上で、満を持しての着任であった。

その日、顔の傷の癒えた三村右近は珍しく早朝から出仕していた。

「どういうこったい、ごくつぶしの見習い野郎が一番乗りたぁ……」

「雪でも降るんじゃねぇのかい？」

「滅多なことを言いなさんな。そんなことになったら耀甲斐が機嫌を損ねて、俺らに当たり散らすかもしれねぇよ」

「触らぬ神に祟りなしだぜ。役に立たねぇ見習いなんか放っとけよ」

「そうだなぁ……くわばら、くわばら」

何を言われても神妙な顔をしている右近を気味悪そうに眺めつつ、遅れて到着した廻方の先輩同心たちは速やかに席に着く。

他の用部屋でも、与力と同心がずらりと顔を揃えていた。

程なく、耀蔵が廊下を渡って来た。

サッと一同は平伏し、進み行くのに向かって頭を下げる。

南町奉行所の陣容は、定謙の在任中とまったく変わっていなかった。

上つ方の意向で奉行の首がすげ替えられても、配下の与力と同心まで連座して辞めさせられることはないからだ。

いなくなったのは、前の奉行の家来だった内与力衆のみ。

その他は与力に同心、捕方を兼ねる小者たちに至るまで変更はなし。

罷免された定謙が南町から去るのを惜しむ一方で、耀蔵が後任となることに誰もが恐れおののき、あるいは憤っていたはずなのに、自ら職を辞した者など一人としていなかった。

誰もが深々と頭を下げ、耀蔵に対する忠誠を態度で示して止まずにいる。

かつて南町を支えた名与力たち――仁杉五郎左衛門と宇野幸内がいなくなって久しい今、悪しき輩《やから》に立ち向かう気概のある者は皆無。

みんな敵意を示すどころか、ただただ黙して従うばかりであった。

奉行所の廊下を渡り行く耀蔵は、下ろしたての裃《かみしも》姿。

相変わらず、特徴のない顔である。

目鼻立ちは整っているが、際立った美男というわけではない。中肉中背の体型もありふれており、目立ったところなど何もなかった。

それでいて印象が強烈なのは立ち居振る舞いが堂々としており、真っすぐ前に向けた視線が常に揺るがず、矢の如く鋭いからである。

しかし鋭い視線に凛々《りり》しさは感じられず、漂わせる雰囲気はただただ不気味。

出迎えの与力と同心は、みんな生きた心地がせずにいる。

(まさに耀甲斐……妖怪ぞ……)

心の中で考えることは、誰もが同じ。

かつて蝮と恐れられた耀蔵は、早々に新たな異名を得た。

名前から「耀」の一文字を取り、官名の「甲斐」と合わせて耀甲斐――転じて妖怪というわけである。

もちろん本人に向かって言えはしないが、これほどぴったり来る呼び名は他にあるまいし、容易には出てこないだろう。

威風堂々と進みゆく南の耀甲斐をただ一人、右近だけが平然と迎えていた。

耀蔵が漂わせる不気味さには兄の左近ともども、すでに慣れて久しかった。

非情なやり口も、望むところである。

もとより右近は血を見るのをこよなく好む男。耀蔵はあるじと仰ぐのに最適の人物だったが、このところ思うように斬らせてもらえない。

最後に手にかけたのは、定謙を内与力として支えていた金井権兵衛。

あれから、すでに三月は経っている。

早く次の獲物を狩りたい。

いつになったら許しが出るのか――。

定謙が奉行になった当初は、毎日が血祭り続きであった。

年下の遠山景元が北町の名奉行と呼ばれているのに定謙が焦りを覚え、一日も早く追いつこうと腕を見込んだ右近を定廻同心に抜擢し、悪党狩りを命じていたからである。

だが、今の右近は見習い同心に逆戻りして久しい身。一応、廻方の補充要員ということになってはいるが、以前ほど勝手に動き回れない。

そんな右近に、耀蔵はある大役を命じていた。

時期を待てと言われており、すぐに事を起こすわけにはいかない。

腹立たしいことだが、逆らえばお払い箱にされてしまう。

耀蔵は右近にとって、この上なく望ましいあるじである。

これほど人を斬らせてくれて、捕まらぬように保護までしてくれる雇い主など他にいないだろう。

しかも今日から南町奉行となり、権力は増す一方。

この男に付いていけば一生、斬りっぱぐれることはあるまい。

そう思えば、決行を待たされるのもどうにか辛抱できる。

いずれ事を済ませた後は、この奉行所からもおさらばだ。

耀蔵を忌《い》み嫌っていながら従うことしかできない、くだらぬ連中との付き合いもそろそろ終わり。何を言われても、気にはならない。

と、いきなり右近はどやしつけられた。

見れば、先輩同心が怖い顔。

「おい三村、何をぼーっとしてやがる！」

「は、何でござるか」

「お奉行のご訓示が始まるぞ。しゃきっとしろ、しゃきっと！」

「ははーっ、これは失礼」

間の抜けた声で返事をしながら、右近はゆるゆると居住まいを正す。

廻方に抜擢され、火盗改まがいの斬り捨て御免を繰り返して先輩たちの度肝を抜いた頃の鋭い雰囲気は、もはやどこにも見当たらない。

完璧に腑抜けを演じ、やがて訪れる小伝馬町での決行の日に備えていた。

六

夜更けの牢屋敷は、日中にも増して冷え込みが厳しい。

大晦日《おおみそか》も近いとなれば尚のことで、牢には霜《しも》が降りている。

鞘《さや》土間と呼ばれる通路も冷え切っており、見廻りの下男も誤って足を滑らせぬように気を付けながら、そろそろと歩を進めていた。

「よぉ、ご苦労さん」

詰所に戻った仲間を迎えたのは人懐っこい顔をした、三十絡みの下男。身の丈は低いが固太りで、柔和な面持ちと裏腹にがっちりした体付きだった。

「ほら、般若湯《はんにゃとう》でも一杯やりねぇ」

にこにこしながら差し出す茶碗の中身は白湯《さゆ》ではなく、熱々の燗酒《かんざけ》だった。

牢内への物品の持ち込みは、制限が厳しいようでいて意外とゆるい。一分金を下男にこっそり渡せば、手数料に口止めを兼ねた釣り銭を見返りに、あらゆる品を差し入れてもらえる。

今宵の当番である下男たちが口にしている燗酒も、囚人の買い物をした余禄でありついたものだった。

とはいえ、誰もが役得を楽しんでいるわけではない。

堅物《かたぶつ》は、どこにでも居るものだ。

「よせよぉ、まだ夜は長いのだぜ」

戻ったばかりで震えながらも、痩せぎすの下男は湯気の立つ碗を押し戻す。

しかし、固太りの下男は引き下がらない。

「いいからいいから、堅いこたぁ言いっこなしだぜ……ほら、旦那衆はとっくに白河《しらかわ》夜船《よふね》じゃねぇか」

　丸っこい指が示す先では、二人の牢屋同心がうとうとしている。

「おいおい、またかよ……起こして差し上げたほうがいいんじゃねぇのか」

「よせよせ、せっかくいい気分でいなさるんだし、このまま寝かせておいて差し上げようや」

　渋い顔の相棒に笑顔で告げると、固太りの下男は再び碗を差し出す。

「実は先に一杯《いっぺえ》、俺《おり》ぁ頂戴してんだよ。お前さん独りだけ、いい子になろうって法はなかろうぜ」

「しょうがねぇなぁ。ほんとに一杯だけだぜ」

　真面目そうに振る舞いながらも、体は正直なものである。

「あー、美味《うめ》え……」

　湯気の立つ碗を受け取るや、痩せぎすの下男はたちまち満面の笑み。

　嬉しげに一献傾けるのに目も呉《く》れず、固太りの下男は詰所の片隅に隠していた酒徳利を抱え上げる。

　うるさい同心たちが眠ってしまったのを幸いに、いよいよ腰を入れて酒盛りを始めるつもりなのだろうか。
それにしては、様子がおかしい。
下男は徳利の栓《せん》を抜き、そーっと傾ける。
出てきたのは乾し飯《いい》に熱湯をかけ、栓をした徳利の中で煮た粥《かゆ》だった。
「よーし、塩加減も申し分ねぇや。後は梅干し、梅干しと……」
ぺろりと舐《な》めて味見を済ませ、下男は詰所に備え付けの壺に手を伸ばす。
一体、何をしているのか。
どぶろくならば話も分かるが、徳利に粥というのも奇妙な話。
程なく、下男は独りで鞘土間に出た。
相棒の痩せぎすは、とっくに船を漕いでいる。
勧められた熱燗に眠り薬が仕込んであるとは、夢にも思っていなかった。
その下男は、見かけによらず機敏だった。
へらへらしていた先程までとは一変し、表情も男臭くなっている。
足を滑らせもせず鞘土間を駆け抜けて、向かった先は大牢だった。

堅気の庶民向けの雑居房ということになってはいたが、このところ収監されているのは、二間牢の無宿人たちにも劣らぬ凶悪犯ばかり。

そんな曲者《くせもの》どもを束ねる牢名主も、只者ではなかった。

「先生……先生」

「うむ……」

小声で呼びかけるのに応じて顔を見せたのは、面長で頬骨の張った、金壺眼《かなつぼまなこ》の男であった。

三十絡みの下男よりもやや年嵩《としかさ》で、四十前後と見受けられる。

面構えこそいかついが、垢染みた浅葱色《あさぎいろ》の獄衣をまとっていても隠しきれぬ、気品と教養が感じられた。

牢名主の名は高野長英《たかのちょうえい》、三十八歳。

かの蛮社《ばんしゃ》の獄で永牢の裁きを受け、終身刑に処されて久しい身である。

金壺眼をすっと見開き、長英は牢格子越しに視線を向けた。

「粥は煮えたか、栄蔵《えいぞう》」

「へい。先生に教わったとおりにいたしやした。梅干しもございやす」

「それは重畳……さ、早う振る舞《も》うて差し上げよ」

「心得やした」

栄蔵と呼ばれた下男は、一礼して走り去る。

その背を見送り、長英は淡々とつぶやいた。

「三日ぶりか……この寒さでは焼け石に水かもしれぬが……」

どことなく、切なげな響きを帯びた声であった。

曲者揃いの囚人どもを能《よ》く束ね、狭い牢内の風通しを良くするために作造《さくづく》りと称して弱者を密殺したり、娑婆《しゃば》の恨《うら》みから特定の相手に私刑を加えたりする悪習を禁じているほど貫禄十分の長英だが、元をただせば医者であった。

それもオランダ渡りの医術を修めた蘭方医で、豊富な知識と経験は牢屋敷に出入りする獄医たちの上を行っていた。

だが、如何なる名医も囚われの身では、為し得ることに限りが有る。

少なくとも、同じ牢で過ごしている面々は何とかできた。

夏は酷暑、冬は極寒に見舞われる劣悪な環境の下では、裁きを受ける前に衰弱して死に至る者が実に多かった。

すべてが自業自得というわけではない。

かつて鳥居耀蔵が蛮社の獄において実行したように、わざと詮議《せんぎ》を長引かせることで牢死に追い込まれた、無実の者も少なくなかった。

優れた医者が一人居れば、理不尽な悲劇もおおむね防げる。

役人に買収されがちな獄医には囚人たちも信用を置いていないが、同じ牢内の仲間、しかも頼れる牢名主が名医となれば二重に心強いというものだ。

しかし、そんな長英にも救えぬ命が有る。

離れた揚り屋に囚われている、南町奉行所の与力だ。

去る十月に投獄されて以来、長英はその男のことを気に懸けていた。

奇妙なことである。

世の蘭学者たちへの見せしめとして終身刑にされ、生涯日の目を見られぬ立場にされた身にとって、役人など憎悪の対象でしかない。

しかも蛮社の獄で憎き耀蔵に協力し、罪のない者まで牢屋敷に大勢送り込んで悲惨な死に至らしめる手伝いをした、町方の与力となれば尚のことのはず。

だが年番方の仁杉五郎左衛門と、吟味方の宇野幸内だけは別だった。

当時の町奉行は北も南も蝮の耀蔵には逆らえなかったのに、あの二人は毅然《きぜん》として節を曲げず、無実の罪に問われた者たちを救おうと力を尽くしたのだ。

そこで長英は昔馴染みの栄蔵と諮《はか》り、牢名主の蓄えを割いて費用を賄い、密かに調合した眠り薬まで用いた上で、囚われの五郎左衛門に食事を差し入れさせていたのである。

ただの仏心ではない。

余りの虐待ぶりを、見るに見かねてのことだった。

五郎左衛門は投獄されて以来、ほとんど食事を与えられていない。

配膳されるのは日に一度、しかも薄い塩汁と小さな握り飯がひとつだけ。

耀蔵が牢屋同心と下男たちを脅しつけ、やらせていることである。

密談を盗み聞きしてくれた栄蔵曰く、耀蔵は牢屋奉行の石出帯刀にまで威光を振りかざして、五郎左衛門の扱いには干渉無用と釘を刺したらしい。

明らかに飢えさせて自供を強要し、罪に落とすのが狙いであった。

耀蔵が弄《ろう》した策は、相手が武士なればこそのものと言えよう。

仮にも旗本格の与力を、責め問いと称して殴り付けるわけにはいかない。

武士の面体に傷を負わせるのは恥辱に他ならず、手を出す側にも余程の覚悟がなければできないこと。まして責め具を用いた拷問など、以ての外だった。

となれば、策を弄するより他にあるまい。

それにしても、食事の献立や量に注文を付けるのは恥ずべきことと幼い頃から教えられる、武士の習慣を逆手に取るとは汚すぎる。

もしも長英が粥の差し入れに踏み切っていなければ、五郎左衛門は先月のうちに限界に達し、飢え死にしていたに違いない。

可能ならば、毎晩でも振る舞ってやりたい。

しかし栄蔵を使って酒に薬を仕込ませ、当直の牢屋同心と下男を眠らせるのは数日に一度が限界だった。

頻繁に繰り返せば、なぜ居眠りばかりするのかと怪しまれ、栄蔵に疑いの目が向けられかねない。

こんなことが災いして栄蔵が牢屋敷からいなくなれば、いずれ実行するつもりでいる、脱獄の計画が水泡に帰してしまう。

気の毒だが、長英にしてやれるのはここまでである。

後は、五郎左衛門の気力次第。

願わくば無実を勝ち取り、この牢屋敷から生きて娑婆に出てほしい。

凍て付く牢内で、独り祈らずにいられぬ長英だった。

七

それぞれの苦悩と葛藤をよそに年は明け、八百八町に天保十三年（一八四二）の正月が来た。

七草を過ぎても、半蔵の謹慎は解かれぬまま。

幸か不幸か、佐和は調子を取り戻しつつある。

三が日辺りから寝たきりの状態を脱し、起きて過ごせるようにもなっていた。

「お前さま、ご出仕はなさいませぬのか？」

「今日は非番だ。案じるには及ばぬ故、おまえもゆるりといたせ」

「はい」

にっこりする顔が愛らしい。

佐和は記憶の一部を失っていた。

倒れた前後のことをまったく覚えていない上、言動が幼女の如くあどけない。

女医の見立てによると一時のことらしいが、半蔵は実のところ不安で一杯。

早く元通りになってほしい。以前よりきつくなっても構わない。

されど、焦りは禁物である。

佐和に笑みを返しつつ、半蔵は別の不安も募らせずにいられなかった。

このところ、表の様子が気になって仕方がない。

謹慎といっても正式な沙汰ではなく、要は組頭の独断で休みを与えられているだけのことである。

少々抜け出したところで、罪にまで問われはしないだろう。

佐和が心配ではあるが、そろそろ外出してみたい。

むろん、遊びに行きたいわけではない。

このところ気懸かりなのは年が明けても囚われたままでいる、仁杉五郎左衛門の安否であった。

南町奉行の職を奪っただけで良しとするほど、鳥居耀蔵は甘くない。

目的がそれだけならば、疾《と》うに五郎左衛門の詮議を取り止め、牢屋敷から解き放っているはずだ。

牢屋敷は人足寄場の如く、罪を犯した者たちを更生させるために拘置しておく場所ではない。内部に仕置場も設けられてはいるが、本来は未決囚を正式な裁きが決まるまでの間だけ、留め置くための施設だった。

そんな牢屋敷の揚り屋を、耀蔵は長きに亘《わた》って私物化している。

なぜ、ここまで五郎左衛門にこだわるのか。

狙いは十中八九、矢部定謙を罪に問うことだろうと半蔵は見なしていた。

任を解かれて一旗本に戻ったとはいえ、定謙には返り咲く可能性がある。

未だに市中の民の人気も高く、機さえ熟すれば再び町奉行の職に就いたとしてもおかしくない。

対する耀蔵は、人望など皆無に等しい男。

策士としての手腕を水野忠邦が高く買っているだけで、他の幕閣からは蛇蝎《だかつ》の如く嫌われていた。庶民の評判は言うに及ばずで、近頃は渾名《あだな》が蝮から耀甲斐に変わりつつあるという。

忠邦の意を汲んで倹約令を徹底させるのはいいが、もとより嫌われ者の耀蔵が無理を強いれば反発を招き、下手をすれば打ちこわしが起こりかねない。

かかる事態を招けば、南町奉行の職を失うのは必定《ひつじょう》。

そうなる前に、耀甲斐は手を打つつもりなのではあるまいか。

北町奉行の遠山景元も目障りだろうが、まずは定謙が返り咲くのを防ぐために手を打つのが先のはず。

あらぬ罪を着せ、市中の民を失望させて、完全に表舞台から葬り去る――。

耀甲斐の考えそうなことである。

当人を罪に問う余地がなければ、かつての配下を狙えばいい。

(御救米の一件は、お奉行……いや、駿河守様にとって命取りだ。耀甲斐が付け込むには、もってこいであろうぞ)

左様に判じれば、未だに五郎左衛門を解き放たずにいるのも得心できる。

自供に追い込めればそれでいいし、牢死すれば死人に口なしで無実の罪を好き勝手に着せることができる。

そうなれば定謙に管理不行き届きの咎を問い、二度と幕政の一翼を担うことができぬように引導を渡してしまえる。

そんな真似をさせてはなるまい。

五郎左衛門には辛かろうが何としても踏みとどまってもらい、耀蔵の魔手に屈することなく、生かして娑婆に戻すのだ。

ともあれ、現状を確かめるのが急がれる。

佐和の見舞いに来た義父の総右衛門からは、今一度様子を確かめてもらえぬかと重ねて頼まれていた。

牢を破って五郎左衛門を連れ出すとなれば至難であるが、揚り屋の現状を探るだけならば、何とかなるはず。

今宵にでも、牢屋敷に忍び込んでみるとしよう。

佐和がこのところ早寝になり、夕餉《ゆうげ》を終えて早々に熟睡するようになっていたのも好都合。

義父のために動くと思えば、罪悪感も抱かずに済むというものだった。

影御用の忍び装束は『笹のや』に使いを送り、梅吉に駿河台の屋敷まで運んでもらった。昼の休み中に来させるのは心苦しかったが、何も知らない中間《ちゅうげん》や若党に命じれば怪しまれかねない。

梅吉は嫌な顔ひとつせず、一式を風呂敷に包んで届けてくれた。がさつなようでいて、梅吉は気配りができる若者だ。

親しげに口を利いたのも、半蔵と二人きりになってからのことだった。

「しばらくだったなサンピン、まだ謹慎させられてんのか」

「うむ。お奉行の怒りが解けぬのでな」

「親玉に睨まれちまったってことかい……サンピンも難儀だなぁ」

同情した様子でぼやきながら、梅吉は風呂敷包みを解く。

「姐《あね》さんが洗い張りをしなすって、火熨斗《ひのし》も当ててあるからよ、すぐ袖を通してもらっても大丈夫だぜ」

「かたじけない」

きちんと畳まれた衣装一式を、半蔵は謹んで受け取った。

「これは礼だ。少ないが納めてくれ」

「よせやい。水臭ぇ真似をするんじゃねーや」

半蔵が差し出す懐紙の包みを、梅吉はぐいと押し戻した。

「ほんとに水臭えよ、サンピンは」

手付きこそ荒っぽいが、くすぐったそうな表情を浮かべていた。

「だってそうだろうが、あんたに礼を言わなきゃならねぇのは俺と姐さんのほうなのだぜ、違うかい」

「何のことだ……？」

「忘れちまったのかい。俺ぁお前さんに助けてもらわなけりゃ、駿河守の家来衆にやられたまんま、大川堤でおっ死《ち》ぬところだったんだぜ。姐さんにしても旦那が割って入ってくれたから、父親に斬られちまわずに済んだんじゃねーか」

それは昨年の二月のことだった。

当時のお駒と梅吉は仇討ちを急いており、当の定謙はまさか実の娘に命を狙われているとは知らぬまま左遷続きで自棄《やけ》を起こし、かつて自分が務めていた勘定奉行の職を奪った梶野良材を襲撃させるという、暴挙に出たものだ。

その現場に半蔵がたまたま出くわし、無我夢中で刀を振るって止めたことからすべてが始まったと思えば、感慨深い。

「ずいぶん昔のようだが、まだ一年にしかならぬのだな……」

自棄を起こしかけていたのは、思えば半蔵も同じだった。

勘定所での働きぶりから箸の上げ下げに至るまで、あらゆる未熟な部分を佐和に毎日叱咤《しった》され、半ば死にたくなっていた。

そんな折にお駒と梅吉、そして定謙と出会ったのである。

初めは定謙こそ悪党に他ならず、どうして襲われた側の良材が半蔵にわざわざ命じてまで警固《けいご》をさせるのか、訳が分からなかったものだ。

蓋を開けてみれば良材は鳥居耀蔵と結託し、水野忠邦の制裁人事で腐っていた定謙を親切ごかしに持ち上げて南町奉行に出世させ、頃を見て後釜に耀蔵を座らせる奸計《かんけい》に手を貸した、薄汚い輩にすぎなかった。

怒りは尽きぬが、百五十俵取りの身で上つ方には逆らえない。良材がその気になれば謹慎どころか、半蔵を御役御免にするのも容易《たやす》いことだろう。

それでも、大人しく引き下がってはいられない。

今できることをやらねば、悔いが残る。

五郎左衛門が自供させられてからでは遅いのだ。

定謙の再起を阻まんとする、悪しき企みを防ぐのだ。

これは、半蔵が自分のために挑む影御用なのだ。

「いろいろ世話になったな。お駒にもよしなに伝えてくれ」

「何だい、しんみりした面《つら》ぁしやがって」

梅吉が唇を尖らせた。

「まさかお前さん、また独りで無茶するつもりじゃあるめぇな?」

「ははは、そんな真似はいたさぬよ」

「だったらいいけどよ」

軽くかわされながらも、梅吉は不安を拭えぬ様子だった。

しかし店もあるので、長居をしてはいられない。

やむなく梅吉は腰を上げた。

佐和は女中たちに介添えされて、湯浴《ゆあ》みをしている最中である。

昼下がりの座敷は静まり返っていた。

西日の射す障子の前に立ち、すっと梅吉が振り返る。

「なあ、サンピン」

「何だ、梅吉？」

「奥方様のためにも、後生を大事にしてくれよな」

「もとより承知の上だ。この命粗末にはいたさぬ」

「約束だぜ。いいな！」

それだけ告げると、梅吉は障子を開ける。

廊下を渡る足音が、やけに大きい。

「かたじけない……」

気遣いに謝しながら、半蔵は忍び装束を抱えて立ち上がる。

屋敷を出るのは日が暮れて、夜の帳《とばり》が降りてからのことだ。

佐和はもちろん、奉公人にも気取《けど》られてはならない。

まずは何食わぬ顔で、腹八分目になるまで夕餉を摂る。

食事を早々に済ませたら、佐和が寝入るのを待ち、着替えて抜け出す。

後のことは、戻ってからごまかせばいい――。

新春の夜が更けてゆく。

半蔵と二人で食事を楽しみ、満腹になった佐和は、上機嫌で眠りについた。

「お前さま……」

あどけない寝顔を眺めていれば、微笑みを誘われずにいられない。

だが、いつまでものんびりしてはいられなかった。

夜着をそっと直してやると、半蔵は立ち上がる。

装いを改めて、背負ったのは久々の刃引き。もしも牢番に見咎められて蹴散らさざるを得なくなっても、罪なき者まで斬ってしまうわけにはいかないからだ。

佐和が目を覚ます様子はない。

「……行って参るぞ」

小声でつぶやき、半蔵は部屋から忍び出た。

本身を持って出るべきだったのを、そのときは気付いていなかった。

「待てい、笠井半蔵」

不意に呼び止められたのは、牢屋敷の裏手に立ったときだった。

「おぬしは……」

振り向けぬまま、半蔵は絶句する。

三村左近は気配を殺して間合いを詰め、こちらの背後を取っていた。

半蔵は迂闊《うかつ》だった。

忍び込む寸前に隙を突かれ、後ろに立たれるとは何事か。

間合いは一足一刀。

振り向く機を逸すれば、背中から斬られてしまう。

動けぬ半蔵に、左近は淡々と告げて来る。

「今宵のところは引き上げよ……さすれば、俺は抜かぬ」

「…………」

頬被りをした手ぬぐいの下で、半蔵は冷や汗まみれ。

されど、ここまで来て退散するわけにはいかない。

たとえ刃引きしか持っていなくても、臆《おく》してはいられなかった。

「黙り居れ、三村左近」

勇を奮って、半蔵は背中越しに言い放つ。

「こちらが先に抜かば、何とするか」

しかし、左近は一枚上手《うわて》。

「甘いぞ、笠井。それで俺に勝てると思うか」

「何だと……」

「おぬし、ひと月ほど道場に通うておらぬであろう」

「…………」

「俺は違うぞ。上州まで足を伸ばし、腕を磨いて参った……しかるに、おぬしは何だ？　せいぜい気休めに、独りで木剣を振るうておった程度であろう」

図星だった。

屋敷内で佐和を見守り続けるのに集中しており、もとより謹慎中の身では試衛館に足を運ぶのもままならなかった。指摘されたとおり、合間に独り稽古をする程度では実力を維持するのが精一杯。腕を上げるまでには至らず、ただでさえ開きの大きい左近との力の差は、さらに広がってしまっていた。

「稽古足らずで罷《まか》り出るとは笑止の極み……余り俺を落胆させてくれるな」

告げる左近の口調は、明らかに苛立《いらだ》ちを帯びている。

「おぬし、何故に今日まで生かされておったか分かるか。あっさり斬って捨てるのは勿体ないと思えばこそだ」

「勿体ない……だと？」

「以前にも申したであろう。その腕、磨けば伸びると」

「俺が強うなるのを待っていた。それだけだと言いたいのか？」

「左様……期待に違《たが》わば、片時も生かしておく値打ちはないわ」

「うぬっ！」

半蔵は怒号を上げた。

人を馬鹿にするにも程があろう。

斯《か》くなる上は斬れないまでも、渾身《こんしん》の力で叩き伏せてやる。

半蔵が侍の姿ではなく、忍び装束のときに戦うのは左近にとって不利なはず。

背負った刀による変速の抜き打ちは、太刀筋が読みにくい。

虚を衝いて一撃浴びせ、返り討ちにしてやるのだ。

柄を左の肩口に廻し、半蔵は鯉口《こいぐち》を切る。

同時に背負った紐がぴんと張り、刃引きが鞘から走り出た。

しかし、鞘引きの速度は左近が遥かに上。

速いだけでなく腰を入れ、下半身の力を乗せて抜き打っていた。

キーン。

振り向きざまに半蔵が見舞った抜き打ちを、左近は難なく弾き返す。

「おぬしの抜刀は曲芸か……まるで腰が入っておらぬぞ」

淡々と告げる口調は、今や憐れみまで帯びていた。

「く!」

半蔵は焦りを隠せない。

ただでさえ圧倒されているのに、落ち着きを欠いては話になるまい。

もはや左近は言葉を発さなかった。

無言のまま振りかぶり、気合いも発することなく斬り付ける。

それでいて刀勢は強く、間を置くことなく低い刃音を上げて迫り来る。

続けざまの斬撃を、半蔵は必死で受け流した。

牢屋敷の裏門は警戒が甘い。

練塀のすぐ向こうに設けられた仕置場で罪人の首が打たれ、その亡骸《なきがら》を用いて試し斬りが行われた後に運び出す、いわゆる不浄門でもあるからだ。

厄介な見張りさえ出し抜けば、七尺八寸に達する塀の高さも、忍び返しの鋭さも物の数ではないはず。

そんな半蔵の見込みこそが大甘だった。

左近一人に手も足も出ず、斬られぬように防ぎ続けることしかできない。

なんと情けないことか――半蔵の自尊心はずたずただった。

左近の攻めは終わらない。

受け流しきれず、半蔵は地を転がって刃を避ける。

頬被りの結び目が断たれ、汗まみれの顔がむき出しになる。

左近の浴びせる刃は、着衣もところどころ切り裂いていた。

切れ目から白地の襦袢《じゅばん》が覗いてしまっては夜目にも目立ち、もはや忍び装束を着てきた意味もない。

（これまでか）

観念しかけた、その刹那《せつな》。

「……？」

半蔵は怪訝《けげん》そうに視線を上げた。

刀を納めた左近が走り去っていく。

練塀の向こうで、何か起きたらしい。

忍びの修行で鍛えられた半蔵の敏《さと》い耳は、切れ切れに漏れ聞こえた複数の声を正確に捉えていた。

「揚り屋の与力殿が斬られただと?」

「いや、刺されて果てたらしい……」

「死なせたのならば同じことだ! ええい、何奴の仕業なのかっ!」

半蔵に続きを聞き取る猶予は与えられなかった。

「何じゃ、あやつは!」

「曲者だ! 曲者があそこに居るぞ!」

間髪入れず、強盗提灯《がんどうちょうちん》の明かりが向けられる。

だっと半蔵は駆け出した。

(仁杉殿が空しゅうされた……のか……!?)

混乱しながらも、それだけは事実として認めざるを得なかった。

天保十三年一月十日の夜、仁杉五郎左衛門は牢死を遂げた。

表向きは病死として処理されたが、真相はまったく違う。

自殺か他殺か分からぬ態《てい》で、腹に脇差を突き立てて果てていたのである。

いずれにせよ、死人は何も語れない。

のみならず、有罪か無罪なのかを自ら証明することも出来はしないのだ。

御救米調達に絡んだ不正の疑惑はすべて事実と見なされ、五郎左衛門は死して罪に問われたばかりか、跡取りの息子たちは遠島処分。仁杉家は断絶の憂き目を見るに至った。

南町の名与力に下された裁きは、続く疑獄の始まりに過ぎなかった。

三村左近に完敗を喫し、失意のどん底に叩き落とされた笠井半蔵は、行く手に更なる悲劇が待ち受けていることを、まだ知らない。

この作品は2013年5月双葉社より刊行された『算盤侍影御用　婿殿葛藤』を加筆修正し、改題したものです。

徳間文庫

婿殿開眼九

耀《よう》蔵《ぞう》動《うご》く

2020年8月15日 初刷

著者 牧《まき》秀《ひで》彦《ひこ》
発行者 小宮英行
発行所 株式会社徳間書店
東京都品川区上大崎三-一-一 〒141-8202
目黒セントラルスクエア
電話 編集〇三(五四〇三)四三四九
販売〇四九(二九三)五五二一
振替 〇〇一四〇-〇-四四三九二
印刷
製本 大日本印刷株式会社

ISBN978-4-19-894582-4 (乱丁、落丁本はお取りかえいたします)

徳間文庫の好評既刊

牧 秀彦

松平蒼二郎始末帳㊄

宿命狩り

やはり潮時なのかもしれぬな……。松平定信の密命で暗殺を行う刺客として生きてきた蒼二郎。しかし今は市井の民のための闇仕置にこそ真に一命を賭して戦う価値がある——そう思い始めていた。父と決別した蒼二郎であったが新たな戦いが待ち受けていた。

牧 秀彦

松平蒼二郎無双剣㊀

無頼旅

奥州街道を白河へと下る松平蒼二郎。かつては実父である白河十一万石当主松平定信に命じられ悪人を誅殺する闇仕置を行っていた。今はある壮絶な覚悟をもって、その地を目指している。蒼二郎が守らんとする母子は、蒼二郎を仇と思うべき存在であった。